SOIR DE FÊTE

Zineb Dryef est journaliste au *Monde*. En 2015, elle a publié *Dans les murs : les rats, de la Grande Peste à Ratatouille*.

Mathieu Deslandes est journaliste. Il a été reporter à *Libération*, au *Parisien*, au *Journal du dimanche* et rédacteur en chef du site Rue89. *Soir de fête* est son premier livre.

MATHIEU DESLANDES
ET ZINEB DRYEF

Soir de fête

GRASSET

ISBN : 978-2-253-10199-4 – 1re publication LGF

À la mémoire de Philippe Deslandes.

Pour James.

« Tu m'as toujours dit qu'il n'y avait rien à voir.
— C'est vrai, regarde. »

Agnès VARDA, *La Pointe courte*.

Nés de père inconnu

Est-ce à force de tenir les mancherons de la charrue ? Est-ce l'habitude de marcher face au vent ? Dans ce pays, à l'orée de la Beauce, les hommes avancent tous un peu courbés. Même quand ils se promènent, mains nouées dans le dos, la tête vient se réfugier entre les épaules.

Le samedi 7 avril 1923, le vieux Narcisse prend la direction du bourg de Sougy avec deux de ses gendres, Léon et Georges. Tous les villageois qu'ils croisent commentent l'orage de la veille, le deuxième en six jours. De l'avis général, cela présage de bonnes moissons (« Quand il tonne en avril, le pauvre se réjouit », dit le dicton). Avec ses gendres pour témoins, Narcisse se présente à la mairie. Il déclare la naissance, chez lui, le matin même, d'un enfant de sexe masculin. Il n'est pas très gros, il a quelques semaines d'avance, mais la sage-femme s'est montrée optimiste. Étienne, puisque tel est le prénom qu'on lui a donné, est le fils d'Olga, sa fille cadette. Et le père ? Inconnu.

Le maire, Germain Échard, a posé la question pour la forme : la rumeur était parvenue jusqu'à lui. Bon an mal an, ce sont des choses qui arrivent, relativise-t-il peut-être en enregistrant la déclaration. Une domestique engrossée par un fermier ou un maître-charretier, c'est quelque chose qu'on a toujours vu, et si tout le monde convient que c'est bien malheureux, c'est d'abord parce que la fille risque de perdre sa place et que ses parents vont devoir se débrouiller avec un salaire en moins et, s'ils la gardent chez eux, deux bouches à nourrir en plus.

Ici, les horizons sont sans relief. Pas une forêt en vue. Un ciel immense sur un champ infini. Le 21 mai, un air glacial fouette la plaine. Ce jour-là, Eugène, un cultivateur domicilié au hameau des Bordes, franchit à son tour le seuil de l'hôtel de ville. En compagnie de son fils aîné et de l'instituteur du village, il fait inscrire sur les registres son petit-fils Jean, fils de sa fille Alice et de père inconnu, né chez lui, la veille, à 15 h 30. Deux bâtards en deux mois, c'est exceptionnel. Mais, tel que je l'imagine, le maire, tempéré par sept décennies d'existence, s'abstient de tout commentaire.

Le 29 juillet, sous une cascade de lierre caressée par le drapeau tricolore, c'est une jeune femme de 20 ans qui pousse la porte entrouverte. Il lui faut des témoins : le garde-champêtre se propose et apostrophe un voisin. Marie déclare la naissance à Paris, le 24 mai, d'une enfant prénommée Paulette. Et le père ? Il n'y en a pas. Que voulez-vous que le maire dise ? Peut-être la félicite-t-il, avec deux mois de retard, d'avoir enfin régularisé les choses. Puis, lissant sa barbe blanche, il repense à la dernière Saint-Laurent. Au village, on s'en souviendra longtemps.

Délivrez-nous du mal

Debout. À genoux. Assis. Debout. Assis. Debout. À genoux. Debout. À genoux. Son corps connaît la chorégraphie. Autour d'elle, à chaque mouvement, des toux sifflent, des rotules claquent. Alice aime se relever promptement. Elle s'agrippe au dossier du banc de devant, pousse sur les phalanges de ses orteils ; elle sent l'énergie qui la traverse. Et puis, pendant une fraction de seconde, la vue est dégagée. Elle peut observer les toilettes du banc d'œuvre. Le tombé de la robe de madame Papelard, le col en dentelle de madame de Bizemont, le chapeau à plume de la veuve Jarry-Vincent. Elle se demande comment elles étaient à son âge. Si elles sont nées propriétaires ou si elles se sont élevées à la faveur d'un bon mariage.

Ce dimanche 27 août 1922, elle écoute l'abbé Hémon lire l'histoire d'un pharisien qui tente de coincer Jésus en lui demandant ce qu'il faut faire pour avoir la vie éternelle. Jésus, comme souvent, répond par une question : « Qu'y a-t-il d'écrit dans la loi ? » Renvoyé sur son terrain, le docteur de la loi récite : « Vous aimerez le Seigneur votre Dieu de tout votre cœur, de toute votre âme, de toutes vos forces et de tout votre esprit, et votre prochain comme vous-même. » Confirmation de Jésus : « Faites cela, et vous vivrez. »

C'est le moment que choisit une poussière pour irriter la muqueuse nasale de monsieur Chaudeau. Le président de l'assurance mutuelle contre la mortalité des vaches est installé, comme tous les dimanches, à l'extrémité du treizième rang. N'allons pas croire que monsieur Chaudeau cède ainsi au péché de superstition – c'est un être rationnel doublé d'un bon chrétien. Et un homme d'habitudes. D'ordinaire, il n'est que mesure. Mais la poussière a fait son œuvre et les nerfs de monsieur Chaudeau se déchaînent. Il ne peut pas lutter : son torse se gonfle, ses yeux se ferment, sa bouche s'ouvre, sa ride du lion se creuse, sa tête part en arrière, ses paupières compriment les globes oculaires, les lèvres se tordent, le menton se tend, une cavité se creuse sous sa pomme d'Adam, son front se chiffonne. Un instant, le temps se suspend, puis la tête entame un retour de balancier et une note stridente retentit : le nez puis la bouche libèrent, dans un immense vacarme, plus de deux litres d'air, une poussière de sciure, un virus inconnu, un morceau de noix, du mucus… Aussitôt le douzième rang sursaute, suivi par le onzième, le dixième, le neuvième et ainsi de suite jusqu'au premier, transformés par la grâce d'un éternuement phénoménal en dominos dominicaux.

L'onde rebondit, progresse vers le maître-autel, mais finit par s'évanouir à trois millimètres de la chasuble de monsieur le curé qui, lui, n'a pas cillé. Il faut dire que monsieur le curé n'est pas un homme qui cille. C'est un pilier. Depuis le temps qu'il a pris en main cette paroisse. Il a fait construire un presbytère sur ses propres deniers. Il a trouvé un terrain pour y bâtir une école libre de filles. Il a recruté la très pieuse et très stricte madame Desglos pour éduquer ces demoiselles. Et lorsque monsieur le maire se berce d'idées modernistes, il sait lui faire entendre raison. C'est bien simple : Sougy, c'est lui. Alors ce n'est pas un éternuement, fût-ce l'éternuement de l'année, qui va le déstabiliser.

Le pharisien de l'Évangile, lui aussi, semble imperturbable. Il demande : « Comment savoir qui est mon prochain ? » Jésus lui raconte alors l'histoire d'un homme laissé « à demi mort » par des voleurs qui l'ont dépouillé. Tour à tour, deux hommes de Dieu, un prêtre et un lévite, passent à côté sans l'aider. Puis arrive un Samaritain, autant dire un étranger. « Touché de compassion », il le soigne et le conduit chez un aubergiste.

Alice réalise qu'elle connaît l'épisode par cœur. Elle l'a étudié au catéchisme, du temps de l'abbé Simon. Mais déjà elle pense à la journée qui vient. Le repas en famille. Puis le bal, enfin. Machinalement, du plat de la main, elle retape sa robe du dimanche. Un demi-sourire lui épate les lèvres. Un an qu'elle attend cette Saint-Laurent !

L'éclat du calice la tire de sa rêverie. On raconte qu'il est en or et que c'est un empereur qui l'a offert au village. Elle se dit qu'elle a de la chance d'être venue au monde dans un village à qui l'on fit un tel honneur. Elle se dit qu'elle a de la chance d'être une fille de France, ce pays qui a pour patronnes la Sainte Vierge et Jeanne d'Arc. En s'avançant pour communier, elle observe ces beautés de plâtre au teint pâle et aux mains fines. Tout le contraire d'elle.

Lorsqu'elle se rassoit, une douce chaleur l'envahit à mesure que fond l'hostie. Elle lit à voix basse ces lignes que je découvre dans son missel couleur tabac : « Ôtez ce qui vous déplaît dans mon cœur, mettez-y ce qui peut me rendre agréable à vos yeux. Purifiez mon corps, sanctifiez mon âme, appliquez-moi les mérites de votre vie et de votre mort ; unissez-vous à moi, chaste époux des âmes ; vivez en moi, afin que je vive en vous, que je vive de vous et à jamais pour vous. » Elle trouve ça beau, « chaste époux des âmes ». Mais elle aimerait bien que le bon Dieu lui donne un époux tout court. Elle vient de fêter ses 21 ans, elle est majeure maintenant, elle ne va pas rester toute sa vie chez ses parents.

Elle rajuste ses manches et fixe son attention sur le sommet du crâne de l'abbé Hémon, qui dodeline au rythme des prières. « *Pater noster, qui es in caelis, sanctificetur nomen tuum…* » Elle guette le signal, « *tentationem* » ; l'assemblée doit alors rejoindre le prêtre pour la demande finale et les bancs y mettent tout leur cœur, parce que c'est bien la moindre des choses qu'on attend de Dieu, d'être délivrés du mal, peut-être aussi parce que la fin de la messe approche quand cette clameur retentit : « *Sed libera nos a malo !* »

Le parquet

Ils sont arrivés trois jours plus tôt. À deux, sur 170 mètres carrés, ils ont aligné des tasseaux de bois, calé les niveaux, vérifié les diagonales. Voilà pour la semelle. Sur les quatre côtés, tout autour de la structure, ils ont planté des poteaux, bientôt surmontés d'une traverse.

Le lendemain, ils ont assemblé la charpente. Avec deux cordes, ils ont hissé une bâche le long des poteaux et l'ont fait glisser jusqu'à ce qu'elle recouvre la moitié de la charpente. Ils ont répété l'opération de l'autre côté puis ils ont sanglé les deux bâches ensemble au faîte de l'édifice.

Le surlendemain, ils ont monté des cloisons en fixant des panneaux de bois aux poteaux. Ils ont installé l'estrade. Ils ont accroché des rideaux de perles à l'armature. Ils ont branché leur chapelet d'ampoules sur l'alimentation électrique du garagiste.

Avec sa façade bordeaux et ses fenêtres à petits carreaux, le dancing se dressait fièrement sur la place de l'église. Des villageois se sont relayés pour admirer l'ouvrage. Des enfants ont promené leur impatience tout autour.

Il y eut un soir, il y eut un matin : la fête pouvait commencer.

Cinq étoiles

À l'entrée du bal, Alice se retrouve nez à nez avec Céleste, le fils du meunier, qui sort prendre l'air. Déjà ? Oui, déjà, ils sont toute une bande à l'attendre à l'extérieur. Quand il rejoint les copains, derrière l'église, il leur tend son poignet, tout sourires. Cette année, le tampon de sortie représente une note de musique entourée de cinq étoiles. Pas trop dur à imiter. Surtout, et c'est un vrai coup de chance, l'encre est violette, exactement de la même teinte que le flacon dérobé par Pierrot à l'école des garçons.

Tandis que Lucien fait le guet, Germain, que tout le monde tient pour le plus adroit du groupe, se met à l'ouvrage. Crayon en main, le bout de la langue rabattu sur la lèvre supérieure, il reproduit en miroir le dessin du tampon sur un bouchon. Les choses sérieuses peuvent commencer : de la pointe du canif, il écorche le liège. Patiemment, tout autour du tracé, il griffe, il érafle, il égratigne la matière. De minuscules copeaux tombent au sol, rebondissent et affolent les fourmis. Tous les copains ont les yeux rivés sur le couteau qui danse. Bientôt, le dessin apparaît en relief. Cinq étoiles encerclent une noire bien nette. Ultimes comparaisons avec l'original : ça semble bon.

Germain, évidemment, inaugure le cérémonial de l'encrage. Il trempe le bout du bouchon dans le flacon, tapote de l'index pour égoutter le surplus, puis, d'un coup sec, l'abat sur son poignet gauche. Chacun retient sa respiration. Quand il relève le bouchon, on entend des gloussements de victoire : impossible de se faire pincer. Et tandis que des tapes flatteuses s'abattent sur Germain et que fusent des « Bravo l'artiste ! », Pierrot tamponne à tout-va.

À l'intérieur, Alice a retrouvé ses amies. Juliette, Yvonne et Alphonsine font valser leurs toilettes, esquissent quelques pas et déjà c'est la joie. Olga resplendit dans sa robe vert émeraude : elle a eu 21 ans la veille et tout lui semble possible. Alice est majeure depuis deux mois, cela n'a rien changé à son existence, mais elle laisse son amie rêver. Elles sont là pour s'amuser. Elle encourage la petite Yvonne, qui s'est lancé le défi d'effectuer, en appui sur sa jambe droite, le plus grand nombre de tours possible sans poser le pied gauche à terre. Alice regarde la toupie tourner, les volants voler, les mèches de cheveux onduler, quand soudain Marie surgit dans son champ de vision.

Marie ! Deux ans qu'elles ne se sont pas vues ! Alors que l'accordéon s'emballe, Alice accourt vers elle et la presse de questions. Elle veut tout savoir : comment va-t-elle, comment est Paris, comment sont les Parisiens, a-t-elle vu la tour Eiffel ? A-t-elle un amoureux, où travaille-t-elle, et combien de temps reste-t-elle au village ?

Quand son père est mort, l'année de ses 14 ans, Marie a été placée comme bonne à tout faire dans une ferme. Elle a tenu cinq années. Cinq années à cuisiner, épousseter, balayer, laver le linge, repriser, repasser, aller chercher le bois, entretenir le feu, changer les draps, gratter les bottes, jeter les épluchures au fumier, nourrir la basse-cour...

Elle sait que c'est le destin de la plupart des filles du coin. Mais Marie a d'autres ambitions dans la vie. Depuis l'enfance, elle le répète à ses camarades : elle sera infirmière. Elle portera un tablier immaculé, soulagera les malades et assistera de grands médecins. Alors, il y a deux ans, elle a réclamé ses gages et elle est partie. Ses patrons lui ont fait savoir qu'elle était folle, ses amies lui ont souhaité bonne chance, sa mère n'a pas su quoi dire. André, son frère, s'est fait prêter un vélo pour la conduire à la gare, sept kilomètres plus loin. Tandis qu'André tentait d'éviter les nids-de-poule, Marie, sur le porte-bagages, s'arrimait à la selle tout en retenant entre ses coudes et ses cuisses l'antique petite valise que sa mère lui avait permis d'emporter. Ils ont fini par arriver à la gare d'Artenay. Marie a pris une grande inspiration et le premier train pour Paris.

Alice observe Marie : débarrassée de son bronzage de paysanne, elle la trouve encore plus belle. Dans le vacarme de la fête, Marie raconte la capitale : la hauteur vertigineuse de la tour Eiffel, la largeur des boulevards, le chic des Parisiens et la folle vitesse du métropolitain – la première fois qu'elle a pris ce chemin de fer souterrain, elle a cru que son cœur allait lâcher. Marie ne raconte pas : la faim, les rats, le découragement, sa chambre misérable, les hommes qui repèrent sa naïveté à trois kilomètres. Oh, si, après tout, les hommes, elle peut bien en parler – ça fera rire ses amies. Elle parvient presque toujours à les effrayer en dévoilant son pedigree : petite-fille d'agent de police, fille d'adjudant de gendarmerie. C'est fou comme c'est efficace.

Et puis, maintenant, tout va bien. Elle n'est pas infirmière, mais elle s'en approche : elle vient de décrocher une place de domestique chez un pharmacien.

La mémoire du village

« C'est gentil de m'avoir confié tous ces souvenirs. » Je ris jaune en m'entendant, à la fin de l'enregistrement.

Ce jour-là, Zineb m'accompagne à Sougy et nous avons décidé d'aller voir Renée, une femme « un peu spéciale », m'a-t-on averti, mais qui connaît tous les secrets du village. Renée est l'ancienne secrétaire de mairie. On raconte qu'elle a tenu la dragée haute à plusieurs maires. Eux passaient, elle restait. J'ai aussi entendu dire qu'il lui est arrivé de confondre les affaires de la commune avec les siennes. Après la guerre, pendant des années, elle avait affirmé que les archives municipales avaient été brûlées par les Allemands. Et puis, du jour au lendemain, elles étaient réapparues, sorties d'une cachette aménagée dans son jardin. Avait-elle craint le retour de l'ennemi au point de conserver les précautions de la clandestinité ? Avait-elle voulu dissimuler un secret ? Mais qu'est-ce qui, dans ce cas, l'avait retenue de tout brûler ?

Nous sonnons à sa porte, Renée et ses mystères nous intriguent. Mais dès le seuil, une odeur puissante nous prend à la gorge et Zineb réprime un mouvement de recul. Cet intérieur n'a pas été aéré depuis des mois. Un couloir étroit et sombre mène à la cuisine. J'ai l'impression de marcher sur un immense ruban adhésif. Les murs, les surfaces, les bibelots : année après année, une pellicule de graisse a fini par tout recouvrir. Je me déplace avec la grâce d'un cosmonaute aux semelles plombées. Bruits de ventouse à chaque pas. Je n'ose plus bouger. Je cherche du regard un endroit où poser mon écharpe et mon manteau. Je les serre contre moi, chichiteux et honteux de l'être, au milieu de cette pièce qui a défié le temps, cette zone qui a résisté aux modes, au suréquipement des Trente Glorieuses et à l'obsolescence programmée.

Renée semble contente d'avoir de la visite mais je me demande si elle saisit mes questions – elle n'y répond pas. J'élève la voix. Certains mots, je le vois, l'animent et la mettent en joie.

Devant nous, Renée a 7 ans. Elle entend les cris du marchand ambulant et déboule à sa rencontre pour flatter les chiens attelés à la carriole branlante. Ils jappent de plaisir.

Renée a 14 ans. Elle jubile dans la robe à volants que son maréchal-ferrant de père a accepté de lui faire faire pour la fête du village. Elle est fille unique, sa naissance fut un miracle, alors ses parents la gâtent. Elle sirote la grenadine que sa mère lui a offerte et chantonne sur l'accordéon, le regard vagabond.

Renée a 17 ans. Il pleut à verse mais tout le pays est à Patay pour la louée de la Toussaint. Avec son parapluie, d'un geste maladroit, elle fait tomber dans le caniveau la casquette d'un passant. Elle l'imite : « Ma casquette qu'est toute neuve ! Ma casquette qu'est toute neuve ! » Et son rire enjambe les décennies.

Les noms ne lui disent plus rien. Les époques se télescopent.

Je me concentre sur le sourire vide de cette petite dame sans dents. Je m'illusionne : c'était peut-être un jour sans, ou pas la bonne heure, j'aurai plus de chance la prochaine fois. Avant de partir, je lui demande son numéro de téléphone. Renée s'agite : elle cherche un petit carnet, elle finit par en trouver un, qu'elle saisit et repose, saisit et repose, saisit et repose. Puis, finalement, elle l'ouvre, lit chaque page ligne à ligne. Au bout d'un moment, elle se demande ce qu'elle est en train de faire. Je le lui rappelle. Alors elle poursuit, jusqu'à la dernière page, sans jamais retrouver son numéro.

La mémoire du village a perdu la mémoire.

Il va falloir procéder autrement.

Derrière le paravent

Tout en surveillant du coin de l'œil la monnaie déposée sur son meuble de machine à coudre transformé en comptoir, Louise distribue des sourires à ceux qui entrent, des coups de tampon à ceux qui sortent. Louise est l'ouvreuse du bal. C'est aussi la femme du patron. Un à un, soigneusement intercalés entre des mères de famille, Germain, Pierrot, Lucien et leurs copains ont réussi à tromper sa vigilance avec leur tampon artisanal. À moins que Louise, pas dupe de leur manège, ait décidé de fermer les yeux, amusée par l'ingéniosité des gamins et décidée à ne pas ternir l'humeur du jour.

Pour l'instant, Louise juge l'ambiance à l'oreille. Les participants sont contents de se retrouver, les conversations s'enchaînent sans effort. Quelques notes aiguës transpercent cette couche sonore homogène : c'est l'excitation des enfants, les rires des jeunes filles, peut-être aussi une mère qui houspille son fils.

Tout à l'heure, quand le flot des nouveaux arrivants se sera tari, Louise pourra jeter un œil derrière le paravent qui délimite l'entrée du dancing. Elle repérera d'abord la voilette noire de Charlotte, silhouette replète qui depuis huit ans noie dans l'eau-de-vie le souvenir de son premier amour. Les jours de bal, elle s'installe face à l'orchestre et fixe en pleurant les doigts qui pianotent, les va-et-vient du soufflet. Son fiancé était accordéoniste. Il est mort au front.

Plus loin, Louise identifiera les boute-en-train, les timides, les adroits. Elle comptera les couples destinés à durer plus d'une danse. Elle scrutera l'expression des mères qui soudain se figent, suspendent l'échange de commérages avec leur voisine et regardent leur fille aînée virevolter sur le parquet comme si elles la voyaient pour la première fois.

Il leur faut toujours plusieurs secondes avant de se ressaisir. Lorsqu'elles prennent enfin conscience de ce mélange de surprise, de peur et d'agacement qui monte en elles, toutes réagissent de la même manière : elles se raclent la gorge et tentent de détourner l'attention de leur voisine le plus loin possible, à l'autre bout de la salle, et même, si c'est possible, au-delà de ses cloisons de bois. Elles s'extirpent de cette gêne en pensant au devoir, car elles ne sont pas là pour le plaisir, oh non ; elles n'ont fait qu'accompagner leur progéniture, et listent à voix haute les tâches qu'il leur reste à accomplir avant la tombée de la nuit, alors que leurs maris, ces fainéants, doivent encore être fourrés au café, elles en sont certaines.

Le café, elles n'y ont jamais mis les pieds, c'est le repaire des hommes, mais elles ont bien compris ce qui s'y passe : on s'y envoie des chopines de rouge, on s'éloigne du bon Dieu. On y perd sa paye et son temps.

Leurs maris ont l'embarras du choix : Sougy compte six cafés, dont certains font aussi office d'auberge. C'est moins qu'avant-guerre – il y en avait neuf en 1914. D'ailleurs, il y avait plus de tout : il restait un chaudronnier, une lingère et un meunier dans le village, et les fonctions de garde-champêtre et de tambour-afficheur étaient encore assurées par deux personnes distinctes. Mais bon, on ne va pas se plaindre, la liste des commerçants et des artisans demeure tout à fait correcte pour une commune de 700 habitants.

Selon l'annuaire général d'Orléans et des communes du Loiret, Sougy compte alors : un boucher, deux boulangers, deux bourreliers-harnacheurs, deux charcutiers, deux charrons-forgerons, un marchand de chaussures, deux cordonniers, deux marchands de cycles, trois épiciers, un ferblantier, deux libraires-papetiers-marchands de journaux, deux merceries, un vendeur de nouveautés, un perruquier-coiffeur, deux quincailliers, deux maréchaux-ferrants, un menuisier, un sabotier, un tourneur et trois couturières. Certains commerçants cumulent deux ou trois casquettes et plusieurs commerces peuvent cohabiter sous un même toit. Résultat : on dispose d'à peu près tout ce qu'il faut sur place.

Les jours de fête, les canons de rouge s'enquillent surtout dans les trois cafés qui cernent la place de l'église. Chez Sallé, dont l'établissement fait face à l'entrée du bal, les vieux s'installent au fond de la salle et tapent le carton. Les jeunes sortent des chaises en promettant à la patronne – redoutable tireuse d'oreilles – de ne pas les éloigner et de ne pas leur crotter les pieds. Ils les alignent le long de la devanture, s'installent et soupirent d'aise.

Le goût de la pâte d'abricot

Devant le café, Prosper glisse quelques pincées de tabac dans le foyer de sa pipe et gratte une allumette. Du bout des lèvres, il commence à former des ronds de fumée. Il les enchaîne, de plus en plus vite. Le dernier-né doit s'épanouir avant que le précédent ait eu le temps de s'évanouir. Il accélère. Trois, quatre, cinq cercles cohabitent, quasi concentriques. Ça fait comme des ricochets dans les nuages.

Fumer ainsi lui rappelle le narguilé découvert au Levant, où il a passé la dernière de ses trois années de service militaire. Le 1er janvier 1920, Prosper s'était retrouvé à Beyrouth, avec ses camarades du 415e régiment d'infanterie. Il était encore soldat de deuxième classe. Huit mois plus tard, il avait été nommé caporal, juste après le franchissement du Litani, la prise de Rayak et le glorieux combat de Khan Meiseloun.

Chaque minute de cette journée reste inscrite dans sa mémoire. Face aux troupes de Fayçal, ce roitelet ingrat et fauteur de troubles, il se souvient des panaches de fumée et de poussière, de la chaleur accablante et de la soif. Il se souvient des tirs de batterie, des passages des avions qui bombardent et qui mitraillent. Il se souvient de la voie soudain ouverte par les tanks dans la montagne, derrière lesquels ils se sont engouffrés, lui et ses compagnons, la baïonnette haute. Il se souvient de l'allure des tirailleurs algériens et sénégalais, du port altier des spahis marocains. Il se souvient, arrivé sur une hauteur, de la vision du cadavre superbement vêtu de Youssef al-Azmeh, le ministre de la Guerre du roi Fayçal, tué d'un éclat d'obus dans la poitrine, gisant au milieu des multiples fils téléphoniques qui lui permettaient de diriger les combats depuis son poste d'observation. Il se souvient que l'annonce de sa mort a aussitôt gagné la plaine et provoqué la déroute de l'armée chérifienne.

Il ne veut pas se souvenir des copains qui vous parlent et qui l'instant d'après gisent à vos pieds, les boyaux éparpillés. Il ne veut pas se souvenir du sang qui s'écoule à gros bouillons ; des éclats de cervelle qui jaillissent et s'écrasent comme des chiures de pigeon ; de la peur qui reprend le dessus dès que reflue l'adrénaline, cette trouille atroce qui projette les entrailles au fond du pantalon.

Il se souvient de l'eau fraîche de Khan Meiseloun.

Il se souvient, après l'oasis, de la chasse aux traînards, ces détrousseurs de cadavres embusqués à l'ombre des rochers. Il se souvient d'un fabuleux hangar, à l'entrée d'un bourg, débordant de caisses de cigarettes, de pains frais par milliers, et d'innombrables lamelles de pâte d'abricot. Elle était acide et douce à la fois. Toute la troupe en mâcha jusqu'à la tombée du jour.

Il se souvient des chants à n'en plus finir. Il se souvient de l'impossibilité de s'endormir. Il se souvient d'avoir été un héros.

La journée suivante ne fut pas mal non plus. Il a d'abord fallu redescendre dans la touffeur, s'enfoncer pendant des heures dans un paysage désolé, hostile, dépourvu de la moindre trace de vie, sauf celle des gypaètes festoyant au loin dans les tas de cadavres où l'on ne distinguait plus les chevaux des humains. Mais à l'instant où pointait le découragement, le cours tranquille du Barada était apparu. Le désert avait cédé la place au plus généreux des vergers. À perte d'horizon : des pommiers, des abricotiers, des orangers, des vignes aussi. Puis de riches demeures, des saules, l'automobile du général Goybet qui doucement longe la colonne et, bientôt, des coupoles, des minarets : Damas.

Quand Prosper est rentré au village, il en avait à raconter, des souvenirs. Les enfants étaient impressionnés, avides de détails. Les filles aussi, qui frissonnaient. Mais les vieux ont vite cessé de l'écouter. On avait à faire. Et puis on a commencé à lui rappeler que d'autres gars que lui avaient combattu pour la France, loin du soleil et de la pâte d'abricot. Eux avaient connu les tranchées, la boucherie. Certains y avaient laissé des morceaux, beaucoup y étaient restés. Alors qu'il aille voir les cinquante-six noms sur le monument aux morts et qu'il savoure sa chance d'être revenu entier.

Prosper est né en 1899. Cette année-là, dix naissances de nourrissons mâles ont été enregistrées à Sougy. Le premier est mort-né. On l'a appelé Auguste, comme son grand frère, mort-né lui aussi, cinq ans plus tôt. Le deuxième garçon, André, est mort à deux mois. Le troisième, Henri, a quitté le village avec sa famille. Plus personne n'a de nouvelles.

Ils sont sept à être parvenus à l'âge adulte à peu près en état de marche. À peu près car le petit Marcel a été réformé pour hypermétropie et strabisme ; Georges a été exempté pour « faiblesse, insuffisance de développement, bronchite spécifique » ; et Louis en raison d'une « sclérose pulmonaire légère » et d'une épouvantable fistule anale – les archives militaires ne s'embarrassent pas de pudeur.

André, lui, a été jugé apte au combat. Il a rejoint le premier régiment de chasseurs d'Afrique. Mais neuf mois plus tard, il est mort à Marrakech. Pas vraiment le champ d'honneur : angine diphtérique et myocardite toxique.

Il reste René, qui a servi lui aussi au Levant, mais la boulange l'accapare et la journée, il dort. Quant au bel Eugène aux yeux jaunes, il n'a rien vécu : il s'est ennuyé comme un rat mort en Rhénanie.

Tandis qu'il souffle ses ronds de fumée, Prosper songe qu'il n'a vraiment personne avec qui partager ses souvenirs de l'armée ni ce qu'il a éprouvé pendant ces longs mois passés loin de Sougy : ce sentiment d'avoir touché du doigt la possibilité d'une autre existence, aventureuse, à même de vous faire cogner le cœur.

Le Grand Blond

Pleins majestueux, déliés gracieux (et hideuses pattes de mouche). À la mairie, les actes de naissance sont peuplés de Madeleine et de Georgette, d'Eugène et d'Adrien, de Thérèse, de Jules, de Cléophas, de Magloire et de Pauline, de Léonie, de Zélie, de Maxime et de Victoire. Pourtant, ils n'apparaissent dans aucun récit. Les prénoms, c'est bon pour le baptême et la pierre tombale. Ou pour les gens de la ville. C'est ce qu'on se disait à Sougy. Quand ils pensent au passé, les vieux revoient Guégué, Néné, Poulet, ils revoient Lotu et Gaby, La Hyène et Louloute, Polyte et le Grand Blond. C'était un monde de sobriquets, dont on vous affublait dans l'enfance et qui vous suivaient toute votre existence. Et même si, à cause d'un manque d'inspiration passager, un enfant échappait au surnom, rien ne garantit qu'on l'appelât par son premier prénom. Dans telle famille, c'était le troisième. Dans telle autre, on préférait le deuxième. Mais dans la plupart des fratries, plusieurs règles coexistaient. Je comprends les pères : quand on a déjà déclaré cinq ou six enfants, tous dotés de trois prénoms, on peut manquer d'imagination ou se réfugier dans la répétition. On peut aussi être victime d'un trou de mémoire, surtout si on a discuté avec un copain sur le chemin de la mairie. Alors, face à l'officier d'état civil, on dit, parieur, René Désiré Gabriel, en espérant que le lot contienne tout de même un des prénoms qui plaisait à la mère, mais une fois rentré à la maison, si on a besoin de le désigner, on dira « le bébé », « le gosse » ou « le petit » puis, quand il commencera à baragouiner et à répéter des syllabes, imitant sa grand-mère dont chaque phrase commençait par « Dis », il deviendra Didi pour la vie.

Boys boys boys

On entend d'abord leurs rires qui, de l'autre côté du paravent, font tressauter leurs moustaches, puis, d'un coup, ils sont tous là, et la testostérone envahit le dancing.

Instinctivement, les plus jeunes s'écartent. Alice et ses amies tournent la tête vers l'entrée. Elles commençaient à s'impatienter. Non qu'elles rechignent à donner le bras aux petits frères des unes et des autres. Mais en enfilant leurs robes, en laçant leurs souliers, en relevant leurs cheveux, c'est à des cavaliers plus mûrs qu'elles songeaient.

Les musiciens les voient arriver avec un mélange de crainte et de résignation. Les gars de Sougy ont le sang chaud, tout le pays sait qu'ils peuvent assez vite en venir aux mains. Pour eux, la bagarre est une activité comme une autre – désirée, assumée, pas honteuse pour un sou. Ils s'adonnent à toutes sortes de combats. Il y a les bagarres de jeunesse, celles qui servent à éprouver sa force et à s'affirmer. Il y a les bagarres ordinaires, qui sanctionnent un désaccord et la défaite des mots. Il y a les bagarres de clochers, destinées à repousser les assauts des jolis cœurs des localités voisines si d'aventure ils s'approchent un peu trop des filles du village. Mais les plus belles, ce sont les bagarres rituelles.

Prenez Édouard. Il est berger. Il s'acquitte de cette tâche que le destin lui a assignée sans déplaisir particulier. Mais pour lui, la semaine n'est qu'une parenthèse entre deux samedis soir. Il vit pour ces moments-là. Le samedi, donc, en fin de journée, Édouard s'installe chez Pelletier. En apparence, il est là pour jouer aux cartes et boire un coup. Comme tout le monde. Sauf qu'Édouard n'est pas là pour tuer le temps. Il est là pour la castagne. Et la castagne, c'est tout un art.

L'alcool, bien sûr, est un puissant adjuvant. Mais il ne faut pas se rater dans la préparation. Il est nécessaire d'être encore sobre quand on inaugure les provocations. Rien de valable ne peut germer chez l'adversaire sans un terreau de colère lucide.

L'exercice est subtil. Il faut d'abord choisir une cible. Personne n'a jamais compris comment Édouard procède. De même qu'il sent ce que ressentent ses bêtes, peut-être repère-t-il chez les hommes le goût rentré de la bagarre… Il sait quand ils sont prêts.

Il sait aussi que pour obtenir une belle confrontation, il convient d'exercer une pression psychologique croissante sur l'autre. Attention au dosage : la montée en puissance doit être progressive. Sans oublier de veiller au constant remplissage des verres, il faut souffler le chaud et le froid, faire preuve d'intelligence tactique.

Alors que, d'expérience, la tablée entière sait où vous voulez en venir, elle doit, devant votre fair-play, se convaincre que vous avez changé. Que vous êtes devenu un joueur à la conduite exemplaire. Peut-être s'est-il passé quelque chose de particulier cette semaine qui vous a fait mûrir d'un coup…

Quand la confiance est retissée, commencez à distribuer quelques attaques verbales. Des mots innocents, fort corrects, et qui pourtant irriteront votre cible tout en mettant – suprême adresse – les rieurs de votre côté. Votre cible, alors, sera bloquée. Réagir ? Autant se coller une étiquette de mauvais joueur sur le front. C'est exclu. Seule issue possible : encaisser avec le sourire, jouer le détachement, expirer. Mais tandis que les parties se succèdent, les couches de rage s'accumulent.

Restez attentif. Guettez le moment où votre homme cesse de sourire et n'essaye même plus de faire bonne figure. Ça y est ? C'est qu'il est mûr. Dès lors, pas de quartier : triche éhontée, mauvaise foi, insinuations mesquines, mise en cause de la virilité. C'est le point de non-retour.

À ce stade, Édouard aime ménager un faux temps mort : il finit son verre et mime la paix. Puis, tout sourires, il assène le mot qui tue. L'autre, alors, ne peut plus se contenir. Il se lève et donne le premier coup. Claque sur la tête ou chiquenaude sur la poitrine, peu importe : techniquement, c'est lui l'agresseur. Et c'est parti ! Table renversée. Cartes envolées. Coups donnés. Coups reçus. Souffles coupés. C'est si bon. Empoignade. Giclures de sang. Corps à corps. Glissade. Rugissements. Faites que ça dure…

Mais ça ne dure jamais très longtemps. Arrive l'inévitable double coup de pied au cul du patron qui envoie valser dehors les gladiateurs avinés, couverts de sueur et de poussière. Vidés, ils titubent, soufflent comme des bœufs, s'adossent contre un mur ou un tronc d'arbre, se laissent glisser au sol et sourient à la nuit.

Pas question pour le patron du dancing de se retrouver avec un parquet saccagé. Dans son enceinte, il a interdit les boissons. Il se réserve le droit de refuser l'entrée aux gros bras. Et pour éviter aux fêtards la tentation de fracasser une chaise sur un ennemi d'un soir, il n'y a que des bancs, solidement fixés à la cloison.

Dans un coin, les trois meilleurs fusils du village se réjouissent de l'ouverture prochaine de la chasse, prévue le dimanche suivant. À côté, entouré de ses copains, Céleste compte aussi les jours : jeudi prochain, il ira voir *Les Dernières Aventures de Galaor* et *Charlot Pompier* à L'Artistic, à Orléans. Il a gagné un billet de cinéma dans une tablette de chocolat Poulain. Son grand frère, qui se pique de modernité, décrit les essais auxquels il a assisté quelques jours plus tôt. Casque sur la tête, il a pu distinguer quelques mots prononcés au même moment par un opérateur situé à plus de 100 kilomètres de distance, sur la tour Eiffel ! Demain, explique-t-il, les cultivateurs n'auront plus besoin de scruter le ciel pour connaître le temps qu'il fera, et on pourra écouter les grands concerts de Paris sans quitter la campagne…

Alors que les couples de danseurs se mettent en place pour un nouveau quadrille, sur les bancs, des voix se plaignent des dégâts provoqués par la chenille du chou. D'autres commentent les rassemblements d'hirondelles, apparemment prêtes pour le grand départ, et dénoncent l'instabilité du temps, qui fait passer sans transition des grosses chaleurs à la fraîcheur et à la tempête, au point que déjà les feuilles tombent.

Mais la grande affaire, le sujet qui occupe toutes les conversations, c'est le nouveau pain qui, à compter du mois de septembre, doit remplacer provisoirement le « bon pain blanc ». Parce que la récolte a été mauvaise, et pour limiter les importations de froment étranger, un décret oblige tous les meuniers de France à extraire du blé un peu plus de matière qu'avant et à produire de la farine complète. Même s'il n'y a pas de raison qu'il soit aussi catastrophique que le pain de 1918, dans lequel le blé avait été remplacé par du maïs, de l'orge et du riz, on redoute que ce « pain économique » soit jaunâtre et lourd pour l'estomac.

Sur le parquet, les corps virevoltent, les partenaires se jaugent, et l'on passe au suivant. Valse, polka, boléro : à chaque danse, les couples se défont et se recomposent. Eugène, Georges et Prosper rient des défis qu'ils se lancent à chaque changement de cavalière : susurrer une chanson paillarde à l'oreille d'une partenaire ; inviter la grosse Pauline à danser (elle a une jambe de bois) ; faire mine de trébucher et atterrir la tête dans un corsage.

Peu à peu, des sourires s'élargissent, des préférences se dessinent, des évidences s'imposent. Les gloussements d'excitation des premières danses cèdent la place à des jeux de regard. Des joues se frôlent. D'abord c'est fugace, presque accidentel. La musique ralentit et c'est de plus en plus appuyé. Bientôt certains oublient de bouger.

L'accordéoniste ne perd rien de la scène et, d'un clin d'œil facétieux au batteur, lance une marche effrénée. Sur le parquet, les plus jeunes déboulent à nouveau. Mais, parmi les couples qui dansaient joue contre joue, quelques-uns sont sonnés. Il leur faut quelques secondes pour recouvrer leurs esprits, se lâcher la main, retrouver une contenance et éprouver l'envie impérieuse d'aller prendre un peu l'air.

Depuis le début du mois, le thermomètre joue au yoyo. Ce soir il fait lourd. Les vêtements collent à la peau. Les animaux sont nerveux. L'orage menace.

Un à un, les garçons de ferme et les vachers passent devant Louise pour aller soigner les bêtes dont ils sont responsables. Si tout va bien, ils seront de retour dans deux heures. Ils vont ôter leurs chaussures et passer une blouse pour ne pas salir leurs habits du dimanche. Pour l'odeur, en revanche, il n'y a rien à faire. Mais personne ne songerait à leur en faire la remarque ; l'odeur qui règne dans les étables, c'est l'odeur du village.

Minuit

Dès que les cloches commencent à sonner minuit, l'accordéoniste, qui les sentait venir, achève son air de musette, il libère son abdomen et s'éponge le front. Au douzième coup, le saxophone est allongé dans son étui, les baguettes sagement posées sur la caisse claire. C'est l'entracte. Tandis que les musiciens s'étirent, le parquet se vide, la clameur s'éloigne, les villageois sortent boire un coup chez Sallé ou chez la veuve Marcault – ils vont au plus près.

Prosper entraîne le groupe de garçons et de filles qui l'entoure chez Cassegrain. C'est sa tournée. La première est toujours pour lui. Avec les copains, il entretient cette tradition depuis le conseil de révision. Ce jour-là, ils s'étaient rendus tous ensemble à la mairie d'Artenay, où étaient convoqués tous les conscrits du canton. Gauches et parfaitement nus, ils avaient défilé devant un médecin militaire encadré de gendarmes et d'élus locaux, répondant à leurs questions avec la voix la plus grave possible, comme s'ils étaient à l'aise. Pour Prosper, on inscrivit sur un registre : « Cheveux : châtains, yeux : marron, front : moyen, nez : rectiligne, visage : rond, renseignements physionomiques complémentaires : bouche grande, taille : 1 mètre 63 centimètres. » Aucune de ces caractéristiques n'étant éliminatoire, il fut, comme la plupart de ses camarades, déclaré apte.

Pour fêter leur qualification, les conscrits s'attifèrent de cocardes tricolores, de rubans et de médailles. Ces colifichets achetés à des marchands ambulants faisaient leur fierté : ils étaient des hommes, des vrais, la République et l'armée venaient de le confirmer. Restait à arroser leur glorieuse virilité : dans les bistrots du bourg, une tournée en appela une autre. Ce furent les premières d'une longue série, ouvrant la voie à une cuite que tous voulaient mémorable, à la hauteur de l'événement. Puis ils firent ce que la société attendait d'eux : « bon pour le service, bon pour les filles ». Ils s'encouragèrent mutuellement et se mirent en quête de filles à trousser. Certains trouvèrent, d'autres pas. Certains payèrent, d'autres pas.

Évidemment, chez Cassegrain, en cette chaude nuit d'août, les hommes non mariés ne pensent qu'à ça. (Sinon, à quoi servent les fêtes ?) Ils ne sont pas les seuls. La présence de jeunes femmes, chose inhabituelle en ces murs, n'arrange rien. L'humeur générale est légère, la sensualité diffuse. Un verre à la main, Marie chante un air entendu à Paris : « Sur cette terre, ma seule joie mon seul bonheur, c'est mon homme. J'ai donné tout ce que j'ai, mon amour et tout mon cœur à mon homme. » Le petit groupe l'écoute, elle s'enhardit : « Quand il m'dit : "Viens", j'suis comme un chien ! Y a pas moyen, c'est comme un lien qui me retient… Je l'ai tellement dans la peau, j'en suis dingo ! » Ses amies l'applaudissent, un garçon siffle puis aboie, elle le regarde, tous deux rougissent, ils rient, tout le monde rit.

À la fin de l'entracte, les autres clients regagnent le dancing, mais eux sont bien, ils restent chez Cassegrain. Il y a autant de filles que de garçons. Ils n'ont jamais l'occasion de bavarder tous ensemble, ils découvrent qu'ils ont plein de choses à se dire. La température du vin est idéale. Ils se trouvent drôles et beaux. À un moment les garçons sortent pisser. Ils passent les filles en revue, commentent leurs mérites respectifs et leur réputation, et pour finir, tout en s'égouttant la bite au clair de lune, ils se les répartissent.

Nul besoin de courte paille ni de bras de fer. On fait de la géométrie, les grands iront avec les grandes, et de la chimie, obéissant à l'évidence des désirs. Quelques-uns avaient des vues anciennes, et peut-être des sentiments ; ils s'épargneront une cour incertaine. La souplesse d'une taille sur le dancing ou l'éclat d'une voix au café ont suffi à forger le goût des autres. Il y a celles dont on connaît le prénom et l'ascendance, et celles qui ne sont qu'une silhouette, une paire de fossettes, des seins de nourrice, une nuque blanche, un chignon attendant d'être défait. Il n'est pas question de morale mais d'organisation, de rationalité, d'efficacité.

De retour au café, ils servent aux filles une ultime tournée et une proposition : une petite course dans le chemin avant de retourner danser. En quelques foulées, les deux sexes se mesurent, on rit, on se touche, on joue à s'attraper comme des enfants, on se palpe dans le noir, on court encore un peu, on ne sait plus trop où on en est.

Après, se passe ce qui se passe de toute éternité. Un relevé minutieux noterait ici un semblant de caresses, plus loin des rires, là des cris, de la surprise, des membres qui se débattent et qu'on immobilise, des protestations, des silences interdits.

Cette nuit-là, contre le tronc du grand saule pleureur, à l'entrée de la grange du père Fallou, dans un fourré où s'est terminée une cavalcade ambiguë, derrière le lavoir, sur des bottes de paille qui sentent le soleil, dans le chemin des marais, dans l'appentis de Bonnamy, il y a de la gêne, il y a de la joie, il y a de la sidération, il y a de l'effroi. Mais dans l'ensemble, on fait les gestes qu'on a toujours vus faire dans les étables, les écuries, les chambres à coucher. Des corps agrippent d'autres corps. Des muscles se tendent, d'autres se relâchent. Des sexes pistonnent d'autres sexes. Des râles sont émis, des fluides sont échangés.

Ça ne dure pas très longtemps. Bientôt, les jeunes mâles se reboutonnent et convergent, rigolards et triomphants, vers la place de l'église. Si ce détail était moins cinématographique, j'oserais préciser qu'à cet instant le tonnerre éclate.

Scandale dans la famille

Octobre 2017. Cinquième tour de biscuits Delacre sur la toile cirée. Au centre de la table trônent des bouteilles de jus et des sachets de thé. Quelqu'un reprendra de l'eau chaude ? Simone décline une nouvelle fois la proposition. Elle s'excuse, elle tremble trop, elle en mettrait partout. Je me suis rapproché d'elle. On est assis dans un angle de la salle à manger, juste devant la télé et la pile de *Pèlerin Magazine*. Dehors la pluie a repris.

Simone, je pensais qu'elle était morte. Alors, quand on m'a dit que c'était elle, cette vieille dame soutenue par sa canne et le bras de sa belle-fille, appliquée dans sa descente des marches de l'église où l'on venait d'écouter Tino Rossi en conclusion des obsèques de ma grand-mère, ce jour de deuil a pris des airs de jour de chance.

Pendant la cérémonie, animée, en l'absence de prêtre, par un laïc énergique prénommé Patrick, j'avais lu deux souvenirs de ma grand-mère, qu'elle m'avait présentés comme les plus heureux de son existence. Je les avais recueillis une dizaine d'années plus tôt dans la petite chambre qu'elle occupait aux Ombrages, sa maison de retraite, muni d'un magnétophone à minicassettes et d'une batterie de questions sur notre histoire familiale.

Parce que l'état de sa résidence se dégradait, il s'en construisait une autre, plus moderne, plus chère aussi, mais plus adaptée à la « grande dépendance », euphémisme administratif qui qualifiait l'état de la plupart de ses camarades de réfectoire : décrépits, impotents, coincés dans des corps démissionnaires ; ou alors éteints, absents à eux-mêmes.

Depuis cinq années, la perspective de déménager dans ces nouveaux locaux angoissait ma grand-mère. Elle est morte juste avant de devoir glisser dans des cartons ses CD d'opérettes, les photos de ses arrière-petits-enfants et la tête en polystyrène où sa perruque reposait la nuit.

Elle s'était retrouvée aux Ombrages après une série de chutes. Elle s'était convaincue, en tout cas les premières années, quand elle ne jugeait pas encore la nourriture infecte, qu'elle y était plus heureuse que chez elle. Sa bonhomie et son délabrement bien moindre que celui de ses voisins d'étage faisaient d'elle la pensionnaire idéale, celle vers qui le directeur de l'Ehpad guidait le correspondant du journal local à chacune de ses visites. Elle y avait découvert, sur le tard, qu'elle avait de la chance : au loto de la maison de retraite, elle gagnait à tous les coups, accumulant un stock impressionnant de bijoux en plastique.

Avant cette éclaircie finale, ce tardif apprentissage d'une certaine légèreté, elle avait été malheureuse, je crois, l'essentiel de son existence. Elle ne s'était jamais remise de la mort de son père, qu'elle adorait, quand elle avait 20 ans ; ni de celle de son fils – mon père – quand elle en a eu 50. Une vie de deuil, une vie éteinte, aussi, par toutes ces « potions » que lui administrait un médecin peu scrupuleux. En vidant sa maison, dans la cave en terre battue creusée autrefois par mon grand-père, je devais trouver des flacons de verre brun par centaines. Les décennies d'ordonnances correspondantes se trouvaient au grenier.

Nos entretiens étaient une manière de lui faire revivre des moments doux : ils n'étaient pas si nombreux, on pouvait les réactiver, la mémoire les avait d'ailleurs sans doute chargés d'une densité particulière. Dans leur évocation, je la voyais puiser de l'énergie, de la joie. En l'écoutant jouer les scènes marquantes de sa vie (le retour de la guerre de son père, l'héritage de la grand-tante, la construction de la maison, l'été où elle et mon grand-père sont partis en vacances...), qui commençaient toutes par « un beau jour », je me disais qu'elle avait le sens du récit.

Un samedi, alors que j'étais en train de classer dans des enveloppes les photos à bords dentelés sur lesquelles elle venait d'identifier des silhouettes, l'heure du départ approchait, elle m'avait dit en parlant de mon grand-père : « Tu sais, Pépère, son père, c'était pas son vrai père. »

Je m'étais figé sur le bord du lit médicalisé, attentif à ce qu'elle serait prête à me confier. « Il est né avant le mariage, ça s'est su, ça a fait un scandale…

— Il a su qui était son père naturel ?

— Il l'a pas connu. Il a jamais su qui c'était.

— Et toi, tu sais ?

— Oui, j'avais demandé à Simone, sa sœur. C'était un voisin. Un soir de fête. Et voilà. »

Et voilà ? Ainsi donc, le père de mon père, l'homme qui m'avait transmis son nom, était un enfant naturel. Mon histoire devenait romanesque. Des années plus tard, quand j'en parlerai à Zineb, elle se convaincra, en scrutant mes yeux en amande, que ma lignée avait dû faire un détour en Indochine.

Ainsi donc, mon arrière-grand-mère, ce petit bout de paysanne recroquevillé dans sa blouse, avait un jour été scandaleuse. Je l'imaginai dès lors jeune et libre, bravant en pionnière l'ordre moral du village, assumant un soir de fête de « fauter », comme on disait alors, avec un voisin séduisant. Étonnante Alice…

Dix ans après cette conversation, quatre-vingt-quinze ans après les faits, Simone, la fille d'Alice, peut reprendre le fil de ce récit. Au pied de la porte-fenêtre, le boudin en mousse assorti aux rideaux nous protège des courants d'air. Il fait bon. Enveloppés par le léger brouhaha des souvenirs qui remontent au cours de ce goûter post-enterrement, nous évoquons la jeunesse de mon grand-père, cette grosse moto qui faisait sa fierté à l'époque où il courtisait ma grand-mère ; nous révisons les prénoms de la fratrie, l'ordre des naissances, les métiers…

Comme des personnages de Molière, les membres de la famille que nous évoquons sont réduits à une ou deux caractéristiques, celles qui leur ont permis de traverser le temps. C'est pratique, ça colore la mémoire. Et qu'importe si la complexité des êtres est anéantie : une audace géographique vous transformera en aventurier, une fâcherie mémorable vous assignera un mauvais caractère, une épouse « pas commode » fera de vous un homme faible. Ce sont les risques de l'éternité. Nous laisserons tous un souvenir. Mieux vaut ne pas savoir lequel.

Quelques convives commencent à se retirer, mais Simone a quelque chose à m'apprendre, c'est manifeste, à propos de ce qui s'est passé le fameux soir de fête évoqué par ma grand-mère. Et elle sent que je suis prêt à l'entendre. Les larmes partagées ont fait de nous des intimes qui se comprennent d'un regard. Et parce que les enterrements poussent au paroxysme la sensation que le temps est compté, qu'il faut se dire ce qu'on a à se dire ici et maintenant, Simone se lance : « C'est ton histoire… Tu as le droit de savoir… » Elle ne tremble plus. Ses yeux sont plantés dans les miens : « C'était un viol. Un viol. À Sougy, cette année-là, quatre filles pas mariées se sont retrouvées enceintes en même temps. Les gars avaient bu, ils s'en sont vantés, ils étaient tout fiers d'eux. On parle beaucoup de consentement en ce moment, ben je peux te dire qu'elles étaient pas consentantes. »

Juste après

Ils sont gais. Ils ont réussi leur coup. Ils se sont retrouvés chez Cassegrain pour se mettre à l'abri, se désaltérer, et se glorifier bruyamment de leurs exploits. C'est la foire aux superlatifs.

Elles sont reparties chacune de son côté. Elles ont marché lentement dans la nuit. Elles se sont laissé tremper par la pluie.

Plusieurs d'entre eux, tous ceux pour qui ce n'était pas une formalité, éprouvent du soulagement. Ils redoutaient de ne pas y arriver. Une défaillance les aurait mortifiés.

Dans le noir, certaines comprennent ce qui s'est passé, d'autres pas. Mais toutes ignorent que la course-poursuite s'est terminée de la même manière pour leurs amies. Elles pensent être la seule pour qui c'est allé aussi loin.

Ils rient un peu bêtement, comme quand on est amoureux. Ils l'ont fait. Dans les regards des autres hommes, attablés au fond du café, ils lisent de l'envie, de la complicité, de la nostalgie.

Elles sont rentrées chez elles, sonnées, sans parler à personne. Elles sont confuses. Quelques-unes ont pris du plaisir, elles imaginent qu'elles ont trouvé l'homme de leur vie. Les autres se disent qu'elles ont mal agi. Elles se demandent à quels mots elles pourront se raccrocher quand viendra l'heure de se confesser. Elles sont en colère, mais contre qui ?

La nuit est avancée. La fête est belle. Ils savent qu'ils ont fait honneur à leur sexe et à l'amitié des autres garçons du groupe. Ils sont heureux.

Certaines ont envie de pleurer mais elles se retiennent : il ne faudrait pas réveiller la sœur, la cousine ou la grand-mère étendue à côté d'elles.

Kaléidoscope

Elle repose sa tasse de rooibos et tranche : « On a l'impression qu'elles sont d'accord. » Zineb vient de relire la scène des viols. Sa réaction m'étonne.

Je relis à mon tour. Je constate que j'ai veillé à mentionner « des cris, de la surprise, des membres qui se débattent et qu'on immobilise, des protestations, des silences interdits »… Les mots sont là mais il faut croire qu'ils ne suffisent pas.

Depuis le début de ce projet, je bute sur ce passage. Faut-il en écrire une nouvelle mouture ? J'ai des scrupules. La vérité, c'est que je ne sais pas comment ça s'est passé. J'ai étudié l'époque et la région. J'ai reconstitué la vie de certains protagonistes, avant et après cet événement. Mais personne ne l'a raconté en détail. Plus personne ne sait.

À force de réfléchir au contexte, aux caractères des personnages et aux relations entre eux, je me suis représenté ce moment. J'y vois de la contrainte et de la surprise, deux des éléments qui, selon notre code pénal contemporain, font d'un acte de pénétration sexuelle un viol. Mais on pourrait aussi bien mobiliser les deux autres caractéristiques : la violence et la menace.

Notre vision du viol est nourrie de nos expériences, de nos lectures et d'un kaléidoscope d'images qui mêlent à l'effroi et au dégoût l'excitation sexuelle et la fureur. C'est Monica Bellucci qui implore et qui hurle pendant neuf minutes dans un passage souterrain rouge : un homme armé d'un couteau l'allonge, l'insulte, la sodomise et lui donne des coups de pied dans le visage. C'est Maria Schneider qui crie « No ! » et qui pleure tandis que Marlon Brando la pénètre. C'est Geena Davis, projetée sur le capot d'une voiture, embrassée contre son gré, giflée, menacée, retournée par un type croisé un peu plus tôt. C'est Annie Girardot, jetée dans la boue d'un terrain vague : Renato Salvatori s'allonge sur elle tandis que des comparses immobilisent son petit ami. C'est Susan George, sur un canapé au coin du feu, qui répète « Je t'en supplie Charlie, non ! » C'est Adrienne Corri, combinaison orange découpée au son de « Singin' in the Rain », puis violée sous les yeux exorbités de son mari, la bouche obstruée par une balle de golf et roué de coups. C'est Romy Schneider ravagée par les nazis avant d'être brûlée vive.

À quoi ressemble un viol ? À tout ça et à tout le reste, des rapports de force peut-être moins violents, moins spectaculaires, moins sordides – mais tout aussi criminels. Parfois il y a de la jouissance. Parfois l'amour n'est pas loin. Il faudrait pouvoir embrasser toutes les nuances de l'horreur et de l'ambiguïté.

Cette nuit du 27 août 1922, chacun s'en forgera sa propre représentation.

Comme l'éclair

Un événement marquant, on en parle tôt ou tard dans le journal, forcément. En 1922, entre des réclames pour la Chauline (« Le produit le meilleur et le plus économique pour protéger d'une manière absolument certaine les semences contre les corbeaux, les oiseaux, les rongeurs et les insectes »), la crème Tokalon (« Un seul pot vous rajeunit »), les sels Saltrates Rodell pour bain de pieds (« Vous ressentirez un soulagement immédiat de vos pires douleurs ») ou « Le nouvel appareil sans ressort de M. Glaser, le réputé spécialiste de Paris », destiné aux personnes atteintes de hernie, *Le Journal du Loiret* a mentionné Sougy à quarante reprises.

Si on laisse de côté les avis de naissance, de mariage et de décès, les noms des six élèves reçus au certificat d'études et les annonces de terrain mis en vente, il reste une vingtaine de faits jugés suffisamment significatifs pour être mis sous presse.

20 janvier – « Les jeunes gens offriront une séance récréative à leurs familles et amis, le dimanche

29 janvier. Entrée, 7 heures un quart. Lever du rideau, 8 heures moins un quart. Prix des places : grandes personnes, 1 franc 25 ; enfants des écoles, 0 franc 60. Au programme : un drame avec costumes, deux comédies, duo comique, chansonnettes variées. La soirée promet d'être intéressante. »

17 février – « Le dimanche 29 janvier avait lieu à Sougy l'inhumation de Gabriel Bienvenu, mort à Soissons en 1914. Malgré une pluie torrentielle, toute la population avait voulu accompagner sa veuve et ses enfants et acquitter ainsi une dette de reconnaissance. »

16 mars – « Dimanche prochain 19 mars, à 10 heures du matin, sera donnée, à Sougy, dans la salle de l'école des garçons, une conférence, par M. Fouchard, chef des services administratifs du comité départemental des Mutilés et Réformés de la guerre, et M. Guillot, directeur de l'École de rééducation professionnelle des mutilés de guerre. [...] »

17 mars – « Mercredi eurent lieu, à Sougy, les obsèques de Charles Mercier, un des fils du sympathique garde-champêtre, mort au champ d'honneur. Une nombreuse assistance se pressait autour de son cercueil. La population tout entière reste fidèle au culte des morts et particulièrement de ceux qui sont tombés pour nous protéger contre l'envahisseur. »

26 mars – « On a découvert, jeudi matin, dans le fossé de la route de Chevilly à Sougy, le corps de M. Félix Chaudeau, 68 ans, ouvrier agricole au service de M. Marcel Perdereau, cultivateur à Sougy. L'enquête a établi que M. Chaudeau avait été frappé d'une congestion causée par le froid, en revenant de la noce d'une de ses petites-filles à Saint-Jean-le-Blanc. »

5 mai – « Le mardi 2 mai, Germain Fromont, mort au champ d'honneur en Belgique, a été inhumé dans le cimetière de Sougy. Malgré le marché de Patay, auquel les cultivateurs se rendent nécessairement, presque toutes les familles de Sougy étaient représentées, ce jeune homme appartenant en effet à une famille d'ouvriers très estimés dans la contrée. Les hommes de sa classe ont tenu à le porter eux-mêmes jusqu'à sa tombe au milieu de l'émotion générale. [...] »

5 mai – « Les jeunes gens de Sougy offriront une séance récréative à leurs parents et amis le dimanche 7 mai, en matinée. Entrée à 2 heures moins un quart. Lever du rideau à 2 heures un quart. Le programme a été fait avec soin et la séance promet d'être très intéressante. Toujours mieux, telle est leur devise et elle sera réalisée. »

12 mai – « Toujours mieux. Telle est la devise de nos jeunes gens et ils l'ont réalisée dimanche dernier dans la matinée qu'ils offraient à leurs parents

et amis. [...] L'impression profonde produite par le drame, les éclats de rire excités par le rôle comique de cette pièce, les applaudissements et les "bis" de l'assistance sont la meilleure preuve du succès qu'ils ont remporté. Ainsi donneront-ils de nouveau cette séance en soirée le dimanche 14 mai, à 8 heures du soir. »

25 mai – « Sougy n'aura pas encore de centenaire en 1923. Euphrosine Cassonet, qui avait eu ses 99 ans au mois de mars dernier, vient de mourir. Rhumatisante, elle gardait le lit depuis dix-huit mois. Sourde sa vie tout entière, on ne l'appelait que la "mère Sourde" ; elle fut recueillie par ses petits-enfants qui la soignèrent jusqu'au bout et donnèrent ainsi l'exemple de l'amour filial que personne ne devrait oublier. »

2 juin – « Un phénomène. C'est un veau dont les deux pattes de devant sont plus courtes que de raison et agrémentées d'une sorte de bec d'oie à peine collé à la peau. L'animal, qui ne peut se tenir encore sur ses deux pattes, se porte cependant assez bien et parviendra probablement à être bon un jour pour la boucherie. »

5 juin – « Pendant l'orage de vendredi, le tonnerre, tombant sur la maison de M. le curé, a endommagé la toiture ; de plus, le fluide a percé un plafond et brûlé, fendu et fait fondre une glace ancienne. La flamme

passant, c'est le cas de dire, comme l'éclair, n'a fait aucun dommage. »

22 juin – « Dans la nuit de dimanche à lundi, des malfaiteurs sont entrés dans la propriété de M. Auguste Menard, cultivateur, et ont arraché des pieds de fraisiers, de choux, de tomates, de potirons et ont saccagé des greffes de pommiers. »

26 juin – « La distribution des prix à l'école libre aura lieu le 15 août, après les vêpres, sans aucune solennité en raison de l'épidémie de rougeole qui a atteint presque tous les enfants. Les vacances commenceront le 1er août. La rentrée est fixée au 1er octobre. »

10 août – « Sur la proposition de M. Gaborit, le Conseil d'arrondissement d'Orléans émet un vœu pour la création d'un poste de facteur-receveur, dans les communes de Gidy et de Sougy. »

18 août – « La distribution des prix à l'école libre de Sougy attire toujours une assistance nombreuse. C'est que chants, saynètes, poésies, rien n'est négligé. Le ton, les gestes, l'élocution facile et même distinguée – ce qui ne se rencontre pas toujours dans une campagne – font de ces réunions familiales une attraction qui repose au milieu des travaux de la moisson. Merci aux enfants qui nous ont si bien amusés et aux maîtresses qui les ont si bien formés. »

24 août – « Il est des gens obsédés, toujours, par l'idée de mal faire. Dans la nuit du 19 au 20 août, des malfaiteurs se sont introduits dans le jardin de M. l'abbé Hémon, curé de Sougy, et ont coupé deux jeunes arbres. Après quoi, ils se livrèrent au pillage des légumes. Les dégâts s'élèvent à 100 francs. »

1er septembre – « Va-t-on, enfin, mettre un terme aux exploits imbéciles de celui ou de ceux qui, depuis quelque temps, se livrent à des dégâts dans les jardins et les champs des habitants de Sougy ? Le 28 août, M. Fernand Depaty, cultivateur, [...] s'apercevait qu'un malfaiteur avait brisé deux dents du râteau de sa “javeleuse” et cassé plusieurs planches du tablier de la faucheuse. Celle-ci avait été enduite d'ordures. M. Depaty a porté plainte. »

14 septembre – « L'Adoration perpétuelle est une des fêtes les plus solennelles de l'année. M. le curé y ayant joint la bénédiction des croix de moisson, cela en double la beauté. [...] Et maintenant que les quarante croix de moisson portent l'abondance dans nos plaines et procurent aux familles le pain de chaque jour que nous n'oublierons pas de demander à Dieu dans nos prières du matin et du soir. »

5 octobre – « Un ami nous montrait l'autre jour une pomme de terre de belle taille, pesant 650 grammes. C'était un beau poids. Mais il y avait mieux : à Sougy, on a récolté deux énormes patates, l'une de 1 kilo 700, l'autre de 1 kilo 420 ! »

20 octobre – « Le vendredi 13 octobre, la famille et de nombreux amis accompagnaient à sa dernière demeure le corps de François Cossé, mort au champ d'honneur en 1916. Chaque retour de nos soldats évoque le souvenir de la glorieuse épopée et fait appel à la reconnaissance de tous ceux que nos morts ont préservés de la domination étrangère. Les morts vont vite, dit-on. Ils ne vont pas vite dans les cœurs généreux, compatissants et reconnaissants. Une fois de plus les habitants de Sougy l'ont montré dans la circonstance. »

Il ne s'est rien passé de notable le dimanche 27 août 1922 à Sougy.

Probabilités

Les premières vérifications furent aisées. Le dernier dimanche d'août 1922, comme chaque été à Sougy, c'était la fête au village, placée sous le patronage de saint Laurent dont une relique est conservée sur un coussin rose dans une châsse de l'église. Sur les registres de l'état civil, neuf mois plus tard, sont inscrits trois enfants de père inconnu. « Quatre filles pas mariées se sont retrouvées enceintes en même temps », m'avait confié Simone, répétant ce qu'on lui avait appris six décennies plus tôt. Quatre débuts de grossesse, trois naissances : il faudrait comprendre ce qui s'était produit. Après ces premières naissances hors mariage, il y en avait eu trois autres au cours des mois qui suivirent. Six filles-mères en une année ! L'année précédente, il n'y en avait eu aucune. L'année suivante, une seule. Il s'était bien passé quelque chose de particulier cette année-là.

Mourir, c'est la ruse ultime qu'avait trouvée ma grand-mère pour permettre à Simone de me livrer la clé d'un secret (soyons romantique). Ceux qui savent quelque chose seront bientôt tous couchés sous une dalle de granit (soyons pragmatique). Bref : il n'y avait pas de temps à perdre.

Je m'étais donc embarqué pour un voyage dans le temps doublé d'une immersion dans un coin que je fréquente depuis toujours sans vraiment le connaître. Un bout de plateau calcaire, aride et fertile à la fois, un terroir où les vieux roulent les « r » en douceur et où l'on s'exprime sans ces fioritures qui, dans d'autres régions, déforment et prolongent les mots. Le son sort clair. Prêt à traverser les vents qui s'engouffrent dans la plaine. Ici, remuant les souvenirs des vivants, aérant des papiers jaunis, j'écrirais une histoire de famille ; une histoire du viol ; une histoire de ce qui se dit ou ne se dit pas ; une histoire de mémoire enfin, pour comprendre ce que des individus et une communauté décident ou non de conserver.

Tout en commençant à reconstituer le destin des trois femmes identifiées sur les registres municipaux, tout en essayant de bâtir leurs arbres généalogiques, de retrouver leurs descendants, leurs adresses successives, leurs anciens voisins, je m'aperçois en consultant mon historique de navigation que je tapais jour après jour des variantes d'une même requête : « probabilité de tomber enceinte du premier coup ». Je plongeais dans les profondeurs des forums médicaux sans trouver de réponse à une obsédante question : sachant que les jeunes femmes sont très fertiles mais qu'elles ne peuvent pas tomber enceintes à chaque rapport sexuel, sachant que quatre jeunes filles sont tombées enceintes au cours de viols perpétrés au même moment, peut-on avoir une idée du nombre de femmes violées cette nuit-là ?

Mais encore : sachant que la vie de ce village ressemblait à celle de milliers d'autres villages, combien sommes-nous à avoir une grand-mère ou une arrière-grand-mère qui, un soir de fête, s'est fait violer – et n'en a jamais parlé ? Cette histoire, c'est #MeToo au cimetière.

La sage-femme et le juge de paix

Aller frapper à la porte d'un juge ? Personne n'a pu avoir une idée aussi farfelue. Pour en avoir le cœur net, il suffit de délier la cordelette qui enserre les archives du juge de paix du canton – d'épaisses liasses conservées à Orléans, pleines d'attendus et de timbres fiscaux. Des textes qui vous projettent dans la salle de la mairie d'Artenay où le juge Vauvelle reçoit. Son bureau est disposé au fond d'une pièce étroite, dont il occupe toute la largeur. Pour atteindre le juge, depuis la porte au-dessus de laquelle on a inscrit sa fonction, il faut parcourir une douzaine de mètres sur des lames de parquet grinçantes, symbole aussi grossier qu'involontaire du cheminement qui s'engage pour quiconque entre ici.

Voici un ouvrier de ferme venu réclamer les gages que son employeur s'entête à ne pas vouloir lui verser. Voici un cultivateur qui exige le paiement de 20 kilos de plants de pommes de terre à 40 francs ainsi que la location, pendant « 4 journées 1/4 », d'une machine à battre (5 francs par jour). Voici une sage-femme qui n'arrive pas à se faire payer les soins prodigués à une patiente. Celle-ci se trouve être sa cousine germaine et assure que les nuits passées à la veiller et à la soulager étaient de simples « visites de parenté et d'amitié ». Voici encore une femme « domiciliée de droit avec son mari, mais résidant de fait avec ses parents » : elle demande que soit saisie sur le salaire de son époux la pension alimentaire qu'il omet de lui verser.

Le juge reçoit ensuite un propriétaire et son « locataire verbal » : ils ont une augmentation de loyer à entériner. Il y a aussi cette jeune fille, recrutée comme apprentie au bureau de poste d'Artenay. Elle vient prêter serment : « Je jure de remplir fidèlement mes fonctions, de garder et observer la foi due au secret des lettres et de dénoncer aux tribunaux toutes les contraventions qui viendraient à ma connaissance. » Puis il y a cette femme qui accuse ses voisins – « avec lesquels elle vit en mauvaise intelligence », précise l'enquête – de lui avoir volé deux poules. Cet homme, qui voudrait contraindre le propriétaire de la parcelle qui se trouve juste au-dessus de la sienne de ne plus inonder son terrain. Une affaire complexe.

On trouve de tout dans les archives du juge de paix : un procès pour diffamation, une amende pour excès de vitesse, l'apposition de scellés après des décès, la levée de scellés une fois l'inventaire des biens du défunt effectué, de multiples conseils de famille réunis pour désigner un subrogé tuteur ou encore la curieuse mésaventure d'un cultivateur de 64 ans mordu par le chien d'un confrère de 27 ans, morsure qui entraîna une dispute homérique entre les deux hommes, tous deux poursuivis par le voisinage pour « bruits et tapages injurieux ».

On trouve de tout, mais pas la moindre affaire de mœurs.

Quelques filles ont peut-être songé à aller voir Mercier, le garde-champêtre, avant de se raviser : il faudrait vraiment souhaiter que tout le village soit au courant pour en arriver là. Or elles n'ont aucune envie de se retrouver au milieu d'un scandale. Elles savent que leur honneur, sinon celui de leur famille, est en jeu.

Certes, on a fait du chemin depuis la Révolution. On tolère beaucoup moins qu'avant les crimes sexuels sur enfants. Le fait de s'en prendre à une personne n'est plus considéré comme un acte moins grave que le fait de s'en prendre à ses biens. Mais en ce début de XXe siècle, le professeur Charles Vibert, médecin légiste à la faculté de médecine de Paris, « nie encore la possibilité du viol commis par un homme seul sur une femme seule », relève Georges Vigarello dans son *Histoire du viol*. Une femme qui n'est pas consentante se débattra, assure-t-il, et, de même qu'une épée face à un fourreau agité en tous sens ne peut regagner son logement, l'homme ne pourra pas parvenir à ses fins… À moins d'avoir agi devant témoin, dans un lieu public, et que les cris de la plaignante – à la réputation nécessairement sans tache – aient été audibles dans tout le canton, un violeur est donc rarement poursuivi, encore moins condamné. Surtout s'il s'en est pris à une pauvresse, une lavandière, une fille de ferme. Surtout si la femme a eu un enfant. Beaucoup de gens croient alors que le plaisir est nécessaire à la procréation : impossible pour une femme tombée enceinte après un viol de faire entendre qu'elle a été contrainte.

Et puis, les filles de Sougy sont allées au catéchisme : même si elles n'ont pris aucune initiative, même si certaines d'entre elles ont résisté autant qu'elles ont pu, elles sont conscientes qu'elles viennent de commettre un grave péché. Elles se sont vautrées dans la débauche. Elles doivent se préoccuper de leur rachat, c'est urgent, si elles ne veulent pas rôtir en enfer.

Elles devinent aussi que beaucoup d'hommes ne voudront plus d'elles comme épouses. Elles savent comment on désigne les filles qui perdent ainsi leur virginité : on dit que ce sont des filles perdues. Alors elles se taisent.

Zone grise

Elle est rentrée. Le trousseau de clés a atterri sur le chiffonnier, son manteau au pied d'une chaise, ses bottines à l'entrée de la cuisine.

Zineb a passé la soirée à boire et à grignoter des Granola avec « les filles », une entité collective constituée de trois amies précieuses et inséparables. Quand elle dit « les filles », souvent j'entends « Léfi » et je visualise une créature à trois têtes mais dotée d'une voix unique, un peu nasale, une voix d'actrice des années 70, entre Arielle Dombasle et Fanny Ardant, sifflant des mots avec cette intonation théâtrale qu'elles adoptent pour souligner le second degré.

Ensemble, elles chantent inlassablement leur mémoire commune. Elles se souviennent de chaque scène de leur histoire – décors, dialogues, costumes et figurants inclus. Elles racontent souvent les mêmes anecdotes estudiantines. Année après année, elles s'entourent de récits comme on roule des bandelettes. Au début, c'est chaud et confortable, ça protège des coups. Au bout d'un moment, on est comprimé, figé, étouffé. Le passé encage et momifie.

J'ai admiré la mémoire infaillible de ces amies jusqu'au jour où j'ai assisté, stupéfait, à la relation fort peu fidèle d'un échange dont j'avais été témoin la veille. Cette anecdote n'avait pas grande importance, et l'on pouvait bien s'arroger le droit de la tordre jusqu'au contresens pour servir une démonstration. Je ne pouvais cependant plus m'empêcher de douter de tous les récits qui m'étaient faits, craignant de prêter foi à des souvenirs contrefaits – mais n'est-ce pas le lot de tous nos souvenirs ?

Souvent, quand elle a vu Léfi, Zineb parle à minuit comme en plein jour. Ce soir, elle est différente. Ni gaie ni triste. Elle ne parle pas trop fort. Elle accuse le coup. Ses amies lui ont rappelé un épisode oublié, elles n'en revenaient pas, comment peut-on oublier un truc pareil, c'est incroyable, elle qui venait de passer des mois à interviewer des femmes pour un documentaire sur le consentement sexuel, elle qui enfouit si peu de choses, comment pouvait-elle avoir oublié qu'elle avait, elle aussi, subi ça ?

Elle jette son jean sur le canapé. Elle se sent bizarre. Elle est surprise. Elle me confie ça comme si elle avait peur d'oublier à nouveau mais elle ne veut pas en dire plus. Elle ne veut pas en parler. Elle ne veut pas en faire un plat. Je me demande si cela avait déjà été sa réaction, à l'époque. Peut-être avait-elle décidé de transformer cette agression en péripétie indolore pour mieux la digérer. Peut-être son cerveau avait-il disjoncté, lui infligeant, pour la sauver, une amnésie traumatique. Est-il possible qu'elle n'ait pas été atteinte ? Je me surprends à chercher des signes inédits sur son visage. Je l'entoure de mes bras, elle murmure pas maintenant. Pas question de croiser une victime dans le miroir.

Je repense à la chanson qui retentissait à la fin du documentaire. « Je veux te baiser, tu veux me baiser, nous, nous voulons nous baiser », scandait Odezenne. Un garçon cash face à une fille cash, tous deux enthousiastes et motivés. Ce n'était pas le cas des jeunes femmes interrogées dans le film. Toutes avaient eu des relations sexuelles alors qu'elles n'en avaient pas envie. Des rapports sans contrainte, sans menace, sans brutalité physique mais non voulus. S'agissait-il de viols ? On n'en était pas loin. On était dans le flou. Dans une zone grise. Peut-être avaient-elles aimé la compagnie du garçon avec qui elles avaient bavardé ou dansé. Peut-être avaient-elles voulu coucher avec lui quelques minutes plus tôt, mais là, quand c'est arrivé, elles ne voulaient plus.

Elles ne voulaient pas mais elles n'ont pas protesté. Ou alors elles ne sont pas parvenues à faire entendre leur désaccord. Puis elles ont cédé. Elles se sont résignées. Parce qu'elles ne se sentaient pas la force de résister. Parce qu'elles étaient fatiguées et qu'elles préféraient en finir au plus vite. Parce qu'elles n'avaient pas envie de faire un scandale, de réveiller toute la cité U, de gâcher la fête où elles étaient invitées. Parce qu'elles étaient perdues. Parce qu'elles n'avaient pas envie de passer pour une nouille aux yeux des copains rassemblés dans la pièce d'à côté. Parce qu'elles étaient allées trop loin pour reculer. Parce qu'elles voulaient faire plaisir. Parce qu'une fille cool ne casse pas l'ambiance.

Étaient-elles ainsi, les filles de Sougy ?

Je me pose la question tout en me répétant qu'il serait absurde de plaquer nos sentiments et nos perceptions sur une époque à laquelle ils sont étrangers. Évidemment. Et les témoignages et les documents d'époque sont d'indispensables garde-fous. Mais comment comprendre ces jeunes gens des années 1920 sans jamais se projeter et devenir l'un des leurs ?

Depuis que je vis en compagnie des personnages de cette histoire, j'ai trouvé en moi des bribes d'expériences qui me rapprochent de chacun d'entre eux. Je suis tour à tour le vieux Narcisse et la belle Alice, le cafetier et l'ouvreuse du bal, le petit Germain et le curé du village, le garde-champêtre et une bergère anonyme, Eugène aux yeux jaunes, le juge de paix, les enfants sans père du printemps 1923.

Avec Prosper, c'est plus compliqué. Il n'en a fait aucun mystère : c'est lui qui, au bal de la Saint-Laurent, a fondu sur mon arrière-grand-mère. Nous avons donc quelques gènes en commun. Mais je n'ai jamais été un mâle alpha. Je n'en tire aucune gloire : ado, j'aurais adoré en être un, balèze et sans vergogne. Leur vie me semblait tellement plus facile que la mienne. En cours d'EPS, eux couraient glorieusement vers la balle. Moi, je cherchais plutôt à l'éviter.

Ils savaient cracher et faire du scooter. Ils avaient des VHS de films d'action dans leur Eastpak et se touchaient les couilles devant les profs. Ils portaient de la marque. Ils mettaient des mains aux fesses et foutaient le feu aux poubelles. Moi, je passais mes week-ends enfermé dans ma chambre, je mettais mes cours en fiches, puis je faisais des fiches de fiches, on ne sait jamais, avant de déchiffrer à la guitare deux lignes d'une musique que je ne comprenais pas et d'avaler des romans de Mary Higgins Clark. Gringalet élevé comme mes sœurs, gender fluid avant l'heure, je rêvais de stéréotypes et d'un grand frère pour m'ouvrir la voie.

L'idéal de masculinité que je professais, c'était celui chanté par Goldman : « J'vous aimerai pas dans la sueur / Genre stakhanoviste du bonheur / La voix mielleuse, "Alors, heureuse ?" / Horreur / Genre Australien blond, sable chaud / Surf sur les vagues, sel sur la peau / Grands les sourires, gros biscotos / Zéro / Mais je serai doux / Comme un bisou voyou dans le cou / Attentionné, tiède, à vos genoux / Des caresses et des mots à vos goûts / Dans la flemme absolue, n'importe où / Mais doux. » Tu parles. Je sublimais à mort, je me convainquais qu'il n'y avait rien de plus beau, rien de plus vrai, mais c'était surtout que le reste, disons la virilité à la Johnny, me semblait parfaitement inaccessible. « Mon corps sur ton corps lourd comme un cheval mort », vraiment ? « Quand tu ne te sens plus chatte / Et que tu deviens chienne » ? Hum. Il y a des mots qu'on ne prononce qu'au karaoké.

Jambe calée sur le repose-pieds, je grattais *Jeux interdits*, si si si si la sol sol fa mi mi sol si mi – à cet endroit, j'hésitais à chaque fois : trois ou quatre mi ? Encore raté. Je me demandais si Narciso Yepes était le vrai nom de Narciso Yepes, je me demandais s'il était encore vivant et, comme on était avant Internet, mille questions restaient en suspens. La partition refermée, j'ouvrais un album de timbres pour y glisser un spécimen colombien fraîchement acquis et, en faisant ces gestes de retraité, je m'accrochais à cette conviction que se transmettent les gentils garçons trop timides : un jour ou l'autre, les filles finissent toujours par se lasser des bad boys.

Après, si la vie vous offrait un raccourci et mettait sur votre chemin une fille qui avait un peu forcé sur le Malibu, une fille qui ne vous avait jamais calculé mais qui subitement avait l'air d'en avoir envie, faudrait-il que ça compte ? Ne pourrait-on pas considérer ça comme un coup à blanc, un entraînement, une première fois avant la première fois ? Les gentils garçons aussi errent dans la zone grise.

Et il y en avait sans doute, des garçons timides, parmi les copains de Prosper qui, dans le feu de l'action, ont saisi leur chance au bal de la Saint-Laurent. À la guerre comme à la guerre. Une occasion pareille ne se présente pas deux fois.

Sous les jupes d'Andrée

Une masse chaude et visqueuse coule entre ses cuisses. C'est une sensation inconnue. Andrée s'isole et soulève ses jupes. C'est rouge, ça glisse lentement. Elle touche le liquide du doigt. Elle observe. Elle renifle. C'est du sang. Elle ne s'est pourtant pas coupée, elle n'a pas reçu de coup. Et pourtant, elle saigne. Elle trouve un chiffon et se nettoie la jambe. Elle remonte le flux, constate qu'il sort du ventre.

Elle commence à prier, Je vous salue Marie, pleine de grâce, mais la panique monte en elle. Elle va se vider de son sang, là, maintenant, elle en est certaine. Elle a dû, sans s'en rendre compte, attraper une maladie épouvantable. Sainte Marie, Mère de Dieu. Elle doit, depuis des mois, pourrir de l'intérieur. Elle va mourir, comme son amie Gilberte, partie du jour au lendemain. Elle appelle à l'aide. Priez pour nous, pauvres pécheurs. Elle a la tête qui tourne. Maintenant et à l'heure de notre mort. Des sons de volée de cloches lui parviennent. Ce doit être son enterrement. Elle ne pensait pas qu'on montait si vite au Ciel.

Andrée repense toujours à ses premières règles avec un mélange de terreur et d'amusement. Quand elle était revenue à elle, ce lundi-là, et qu'elle avait constaté qu'elle n'était pas au Paradis, elle n'avait pas compris pourquoi tout le monde était si joyeux. Clairon, drapeaux et embrassades : on venait d'apprendre la fin de la Grande Guerre.

Quatre ans après, elle est rodée. Dès que la première goutte de sang perle, elle comprend ce qui lui arrive. Elle connaît les gestes. Elle sait faire face. Elle reste calme. Ce matin de septembre, elle éprouve même un certain soulagement. Ça ne l'empêchait pas de dormir – elle est tellement fatiguée par les vendanges que rien ne peut l'empêcher de dormir – mais elle était un peu anxieuse.

La nuit du bal, Fernand lui a pris sa virginité. Elle ne peut pas dire que ce fut très agréable. Mais elle n'était pas mécontente que ce soit lui. Quand ils avaient dansé tous les deux, au début de la soirée, elle avait senti les battements de son cœur redoubler. Andrée n'avait pas envie que la valse s'arrête. Ses amies s'étaient gentiment moquées d'elle. Fernand l'avait réinvitée une heure plus tard, pour un boléro. C'était encore mieux. Il lui avait caressé la joue. Elle l'avait trouvé très beau. Quand elle s'était retrouvée allongée dans un fourré, les cuisses lacérées par des ronces et son beau danseur au-dessus d'elle, elle avait oublié la douleur : elle voyait bien qu'il l'aimait. Elle se voyait déjà en robe de mariée. Elle était gonflée de légèreté.

Les jours suivants, elle a attendu qu'il lui propose une promenade, peut-être même une sortie à Orléans : ils prendraient le car, ils iraient au cinéma… Elle s'est même arrangée pour se trouver sur son chemin, près du moulin de L'Homme-Mort. Mais Fernand l'a évitée.

Un soir, après le travail, elle l'a croisé dans le bourg, entouré de quelques copains. Quand il l'a aperçue, il a dit quelque chose qu'elle n'a pas entendu. Tous les garçons se sont mis à rire, et ces rires lui ont troué la peau.

Alors oui, ce sang, ce matin, elle est soulagée de le voir.

Elle n'aura pas d'enfant de Fernand et c'est mieux ainsi.

Il s'est bien moqué d'elle avec son sourire si doux, son joue contre joue, ses doigts qui ne voulaient plus quitter les siens… Quelle idiote elle a été de croire au mariage ! Et pourquoi pas des robes, dix vaches, le téléphone ? Et puis quoi, encore ? Le bonheur ? Comment a-t-elle pu s'imaginer un destin de bergère de conte, se demande-t-elle en rinçant les linges qu'elle a souillés… Elle les brosse, encore et encore, et les tord de toutes ses forces. Elle jette toute sa rage dans l'essorage.

Narcisse et ses filles

Jacques Soyer était un homme précis et méthodique, allergique à l'à-peu-près et aux pseudo-découvertes – des qualités indispensables dans l'exercice de son métier : il était archiviste. Tout au long de l'année 1928, il a présenté devant la Société archéologique et historique de l'Orléanais une étude extrêmement détaillée sur les racines des noms de lieu de la région, détricotant les origines latines, celtiques, mérovingiennes, ibériques ou germaniques pour mettre au jour le sens des noms de village, de hameau, de lieu-dit…

On sait grâce à lui que L'Enfer est « un lieu bas, une dépression naturelle du sol » ; que L'Homme-Mort est une déformation de L'Orme-Mort, un des multiples « noms d'arbres primitivement divinisés » ; que Rouvray et La Provenchère désignent respectivement un endroit planté de chênes rouvres et un lieu où croissent les pervenches ; que Moquesouris évoque « un moulin si pauvre ou un champ si infertile que les souris n'y trouvaient rien à manger » ; ou encore que Le Loup-Pendu rappelle les condamnations à la pendaison d'animaux jugés pour avoir tué ou blessé des villageois…

Topineux, quant à lui, doit son nom à la présence massive de taupes. C'est l'un des hameaux de Sougy, quelques constructions entourées d'un damier de champs. Pour s'y rendre, depuis le bourg, il faut prendre la route de Chartres et marcher deux mille pas environ. C'est là qu'est née Olga, comme son père, comme son grand-père. Son arrière-grand-père, lui, est né quelques mètres plus à l'ouest, à Terminiers, en 1789. Les générations précédentes sont natives de Rouvray-Sainte-Croix, un autre village limitrophe.

Remonter les arbres généalogiques des habitants de Sougy jusqu'à Louis XIII revient à effectuer des sauts de puce d'un hameau à l'autre, sans jamais s'éloigner, à quelques exceptions près, de plus de cinq ou dix kilomètres.

Avant de se fixer à Topineux, les ancêtres d'Olga étaient maçons de père en fils. Après, ils ont fait comme tout le monde : ils ont travaillé pour la ferme du coin comme journaliers. Cette ferme a bonne réputation, elle est régulièrement mise à l'honneur au comice d'Orléans.

Narcisse, le père d'Olga, a lui aussi commencé comme journalier, il cultivait la terre du fermier. Mais – c'est une forme d'ascension sociale – il a fini par devenir charretier. À la ferme, avec ses collègues, Narcisse soigne et nourrit les chevaux, les attèle aux voitures ou aux instruments agricoles. Jamais il ne les enfourche : il s'assoit sur leur dos en travers, les jambes pendantes. C'est tout juste s'il ne leur demande pas l'autorisation. On loue sa façon de les diriger : il économise ses gestes, donne de la voix sans excès. Sous sa conduite, les chevaux marchent à travers champs avec la régularité d'un métronome.

Qu'il vente, qu'il pleuve ou que l'on sue à grosses gouttes sous la canicule, Narcisse enchaîne les heures de labeur – neuf ou dix l'hiver, douze ou treize l'été. Le dimanche aussi, il faut s'occuper des bêtes, vérifier l'état des harnais et des fers, peigner la laine des colliers, graisser les cuirs, briquer les chaînes. C'est un travail exigeant mais les gages sont élevés.

Cet homme au visage rond et aux yeux châtain clair, trop jeune pour se battre en 1870, trop vieux pour être appelé en 1914, se dit qu'il a eu de la chance dans la vie. À un détail près : il n'a pas eu de fils. Sa femme, Maria, lui a donné six filles. Elle avait 21 ans à la naissance de la première, 41 quand elle a mis au monde la petite dernière, promise à la piété filiale : dès l'enfance, on fit comprendre à Olga qu'on attendait d'elle qu'elle veille sur les vieux jours de ses parents.

Avec leurs filles, Narcisse et Maria ne s'en sont pas trop mal sortis. Il a certes fallu précipiter le mariage de l'aînée, qui a accouché le 25 décembre d'un petit Noël, six mois après la noce. Mais la mort de son époux au champ d'honneur, en 1916, lui a apporté un regain de respectabilité.

Les autres filles se sont bien tenues. On les a mariées à de jeunes charretiers, dont une paire de frères. Faute de fils, Narcisse a transmis son savoir-faire à ses gendres, des professionnels de la conduite. Certains d'entre eux monteront en grade. Les autres sauront s'adapter quand les chevaux seront dépassés par la puissance du moteur à explosion : l'un deviendra camionneur, un autre conducteur d'autocar...

En cet automne 1922, alors qu'il est entré dans sa soixante-dixième année, Narcisse n'est pas mécontent du chemin parcouru. Il ne reste que ses deux dernières filles à la maison, et il les voit faire à la ferme : ce sont de bonnes travailleuses. Il a déjà organisé le futur partage de ses quelques biens. Tout est en ordre. Il a l'esprit tranquille.

Inutile de préciser qu'il est très désagréablement surpris lorsqu'il apprend que la plus jeune de ses filles, tout juste majeure, est grosse.

À l'officine

Après le bal, Marie a regagné Paris. Elle a retrouvé sa chambrette, dans le XIVe arrondissement, six étages au-dessus de l'officine de M. Arnaud, trois étages au-dessus de son appartement, quatre étages au-dessus de celui des parents de M. Arnaud, qui lui ont transmis la pharmacie.

M. Arnaud est un bon patron : quand Marie a terminé son travail, il la laisse observer celui des préparateurs et écouter leurs conversations. Il dit que ce n'est pas tous les jours qu'on tombe sur une bonne qui s'intéresse aux sciences. Marie est même autorisée, de temps à autre, à poser une question. À condition, bien entendu, que la question soit suffisamment simple et le ton de Marie suffisamment candide pour que ces messieurs en blouse blanche, ces chevaliers de la raison, ressentent avec intensité la mission civilisatrice qu'ils sont en train d'accomplir, pour qu'ils éprouvent le plaisir d'éclairer une jeune fille, arrachée par la puissance de leur savoir à son destin de paysanne ignorante et misérable.

Le dimanche, Marie se promène. Elle se plante carrefour Vavin où un clochard barbu lit l'avenir pour 5 francs. Elle observe les diligences et les automobiles qui tourbillonnent devant les brasseries. Il y a des Panhard, des De Dion-Bouton, des Delahaye. Elle remonte les boulevards au milieu des chapeaux cloches et des gapettes. Partout, elle croise la bouille du bébé Cadum. Les réclames vantent aussi des machines épatantes : des aspirateurs, des fours ménagers et, pour le linge, les premières autolaveuses.

Au cours de ses déambulations, Marie tombe souvent sur des courses absurdes et délirantes : ça lui fait des choses à raconter quand elle se décide à écrire à sa mère. Un jour, c'est une armée de garçons de café trottinant avec un plateau sur lequel une bouteille et des verres vacillent mais ne tombent pas ; un autre, ce sont des livreurs pilotant leur triporteur ou des colporteurs de journaux juchés sur leur vélo ; elle a même vu une course de mutilés de guerre en chaise roulante ! Ça la change des gueules cassées qui se succèdent à la pharmacie, avec un œil, une oreille ou un bras en moins, ces silhouettes cabossées perpétuellement endeuillées.

Parfois, en rentrant, s'il fait encore jour, Marie parcourt les journaux que M. Arnaud l'invite à monter dans sa chambre une fois qu'il les a achevés. Il lui arrive de lire quelques articles qui s'inquiètent des projets des bolcheviques ou s'alarment de l'affront fait au patriotisme par « le plus jeune romancier de France », Raymond Radiguet. Elle les redescend ensuite à l'office pour recueillir les épluchures ou allumer le feu.

Marie est devenue un personnage dont M. Arnaud parle à ses amis. Il n'a pas à s'en plaindre : la maison est bien tenue, les cols amidonnés comme il faut, l'hygiène irréprochable, les repas roboratifs. Pour tout dire, il la trouve même à son goût, il lui a pincé les fesses quelquefois – mais bon, c'est la bonne.

À l'automne, M. Arnaud doit se rendre à l'évidence : son désir pour Marie grandit. Il se surprend à la chercher des yeux. Dans le décor vert et jaune de son appartement, sa compagnie lui fait du bien, il en fait le constat empirique tous les jours. Il la trouve franchement futée, pour une bonne. S'il s'analyse, il se trouve à la fois plus attiré et plus respectueux.

Le visage de Marie lui rappelle une jeune voisine qu'il trouvait également attirante, il y a quelques années de cela. Ils s'étaient rencontrés chez des amis communs. Mais M. Arnaud avait vraisemblablement passé un peu trop de temps à vérifier encore et encore son hypothèse de travail sur la nature de ce que cette jeune femme déclenchait en examinant méticuleusement ses sensations chaque fois qu'il se trouvait en sa compagnie ; quand il fut sûr de lui, la voisine s'était trouvé un autre fiancé. La vue du visage de Marie est à la fois le rappel quotidien d'un échec et la promesse de plaisants possibles.

C'est en la regardant épousseter la robe de la Sainte Vierge qu'il a compris. Alors qu'elle sortait les santons de Provence de la boîte où ils passent onze mois sur douze, sa bonne a eu une expression que M. Arnaud ne lui connaissait pas. Les deux Marie se sont fait face et, en fixant sa patronne en terre cuite, la Marie de chair a posé sa paume sur son tablier rebondi. Un geste de femme enceinte.

Brûlures

Au début, la mère d'Alice n'a rien vu. Et pour cause : Mélina est presque aveugle. Cela fait des années qu'elle n'a plus accès aux couleurs ni aux détails. Mais tant qu'elle distingue encore des ombres, elle refuse de s'encombrer d'une canne. Alors, pour repérer les obstacles, elle a développé une démarche particulière. Elle fait des pas très allongés, très près du sol. De loin, on dirait une apprentie patineuse sévèrement rabougrie. Mais dès qu'elle s'arrête, elle gagne deux têtes. C'est une curiosité : sa silhouette statique et sa silhouette mobile n'ont rien à voir.

Dans le village, ses glissades sont assez efficaces pour éviter les pierres d'achoppement. Mais si un trou se présente, elle perd l'équilibre. In extremis, elle écarte les bras – au bout desquels se trouvent en général des paniers. Vacillante, elle bat l'air et parvient finalement à se redresser, droite comme un épouvantail.

À l'intérieur, cependant, elle est trop à l'étroit pour déployer ces stratégies. Elle vise mal, trébuche sans arrêt. Sur son visage, des traces de brûlure conservent le souvenir de la plus terrible de ses chutes : un jour, sa tête a heurté le poêle. Tout le monde se demande par quel miracle elle a survécu.

Échauffement, vacillement, nausée : ce matin-là, quelques semaines après le bal, Mélina n'a pas besoin d'y voir clair pour constater qu'Alice fait un malaise. Il confirme les soupçons qu'elle nourrit depuis que des bruits, colportés par les commères du village, sont parvenus jusqu'à elle. La rumeur, c'est la vérité avec un peu d'avance. Il faut toujours l'écouter : on n'a jamais trop de temps pour se préparer.

Allongée sur son lit, face au visage implacable de Mélina, Alice ne nie pas mais elle est abasourdie. Elle réalise ce qui lui arrive en même temps que sa mère. Le retard de règles ? Elle ne s'en était même pas aperçue. Elle avait bien ressenti des tiraillements dans le bas du ventre et des douleurs dans la poitrine, mais bon, c'est une dure à cuire. Une plus grande fatigue ? Oui, peut-être… Mais le travail est éreintant, en ce moment. Alice a été sourde à tous les signes. Elle ne s'est pas laissé la possibilité de les décoder un à un, de se faire peu à peu à l'évidence. Elle n'a pas pu accueillir cette nouvelle dans le calme et la solitude. Elle n'a pas pu réfléchir ni prier. Elle est frappée de stupeur. Elle doit se concentrer pour cracher l'air vicié de ses poumons. Elle a peur d'oublier de respirer.

Pour elle, cette grossesse est une révélation choquante. Elle sait que ce sont des choses qui arrivent ;

mais pas à elle, non, elle n'est pas d'accord. Elle est prise de vertiges. Tout éclate dans sa tête. Ce n'est pas comme ça qu'elle voyait sa vie. Ses rêves étaient pourtant désespérément terre à terre : une existence tranquille, modeste et discrète ; le bonheur familial ; la santé pour les siens et la paix sur le monde. Mais à cet instant, pour elle, tout s'effondre. Tout est gâché, tué dans l'œuf. Elle cherche un sens à ce qui lui arrive mais il n'y a rien à comprendre. Elle voudrait se révolter mais elle s'englue dans la honte. Elle perd pied. Elle pleure. Prosper l'a fait boire et il a profité de la situation. Elle ne voulait pas. C'est injuste. Injuste.

Sa mère, qui en a assez entendu, lui écrase un linge mouillé sur le front et se lève sans un mot. On l'entend heurter un chambranle en sortant.

L'heure des choix

Au hameau de Topineux, le vieux Narcisse doit prendre une décision. Qui voudra épouser Olga, à présent ? Qui voudra d'une fille gâtée ? Au moins, avec un fils, il se serait épargné ce genre de souci. Toute une journée, il soupèse différentes hypothèses, au gré de ses allées et venues dans les champs. Le lendemain, quand ni l'essoufflement de fin de matinée, ni le soleil de midi, ni la bêtise du nouveau valet de ferme ne suffisent pour le faire changer d'avis, il sait qu'il a adopté une position dont il ne variera plus. Le soir, il rend son jugement : mettre Olga à la porte n'arrangerait en rien la situation. On se débrouillera. Et tant pis pour les racontars.

Olga a de la chance. Dans la littérature de cette époque, le sort réservé aux futures filles-mères est rarement aussi doux. Dans *La Parcelle 32*, Ernest Pérochon, instituteur devenu romancier à succès – et lauréat du prix Goncourt en 1920 –, aborde la question de la spéculation foncière dans les campagnes pendant la Grande Guerre. L'un de ses personnages, Éveline Mazureau, rêve de bonheur. C'est la plus belle fille du village. Son père voudrait la marier à un riche propriétaire, ce qui faciliterait ses affaires, mais elle n'a d'yeux que pour un jeune soldat. À la faveur d'une permission, elle se donne à lui et tombe enceinte.

Lorsqu'elle se décide à l'avouer à son père, la réaction du vieux paysan est terrible : « Il eut une sorte de soupir rauque ; le sang lui sauta à la tête. Ses mains s'ouvrirent, montèrent au cou de sa fille. […] Ses poings se levèrent plusieurs fois, énormes, martelant le vide. Et puis il se dressa de toute sa taille au milieu de la maison. » Là, le couperet tombe : « Va-t'en ! jeta-t-il d'une voix hautaine. Fille sans nom, tu n'es plus de ma famille ! Que je ne te revoie jamais sous mon toit ! Va-t'en ! »

On aurait pu assister à une réaction similaire à Sougy, dans la maison du vieux Narcisse. Personne n'en aurait été très étonné. Mais le charretier a une expérience de la vie suffisamment longue pour ne pas se laisser aveugler par la colère.

À l'autre bout du village, Mélina fait un choix plus radical. Alice a beau être majeure, elle lui interdit de sortir et fait savoir à son patron qu'elle ne pourra pas finir la saison. Elle la punit autant qu'elle la protège. Elle la confie à la surveillance de son beau-frère, Charles, qui vit à genoux dans un minuscule appentis collé à la maison depuis que, « paralysé par la peur », dit-on, il a perdu l'usage de ses membres inférieurs. Mélina et Charles se complètent : il est ses yeux, elle est ses jambes.

Charles n'est pas méchant. Il coud toute la journée. Quand ses bobines de fil sont toutes dévidées, il les empile contre un mur et interdit qu'on y touche. Quand il en aura assez, il les assemblera pour fabriquer une table unique au monde.

Le dimanche, lorsqu'il manipule la toile dont il fait des pelisses, il n'a pas besoin de tendre l'oreille pour entendre ses nièces se lamenter : « Lilice est malheureuse. » C'est une phrase qui dit tout, et en même temps pas grand-chose. Elle sert à ponctuer des récits, ramasser des anecdotes, relancer une conversation. « Lilice est malheureuse » et elles ne parlent que de cela.

À Paris, la vue de la paume de Marie délicatement posée sur son ventre amène M. Arnaud, le pharmacien, à tirer trois conclusions provisoires. 1) Sa bonne n'est apparemment pas aussi intelligente que ce qu'il avait imaginé. 2) Non seulement il n'aura jamais le privilège de la déflorer, mais le voisinage et la clientèle risquent de le soupçonner de l'avoir engrossée et il n'est pas certain que cela soit tout à fait souhaitable. 3) Du jour où l'enfant naîtra, il devra probablement se séparer d'elle.

M. Arnaud laisse passer Noël puis informe Marie qu'il veut bien la garder à son service à l'expresse condition qu'elle mette l'enfant en nourrice ou aux Enfants-Trouvés. En attendant l'accouchement, il exige d'elle une discrétion absolue ; elle ne doit plus paraître à la pharmacie. L'ouverture d'esprit a ses limites.

Nocturne

La nuit dernière, j'ai fait une longue promenade dans les rues de Sougy. Elles n'étaient pas toutes désertes. Une petite fille habillée en violet se tenait sur le seuil de l'ancien Café de la Mairie. Sur le même trottoir, un jeune homme en parka verte trimballait un sac en plastique tandis que, de l'autre côté de la chaussée, un type passait le Kärcher. Rue des Grandes-Bordes, deux employés du service des eaux étaient penchés au-dessus d'une bouche d'égout. J'ai encouragé un cycliste coiffé d'un bonnet sur la route de Chevilly. J'ai vu un monsieur tondre une pelouse rue du Moulin-à-Vent et, rue des Pointes, une femme tirée par la laisse de son bichon. C'était la nuit mais il faisait jour.

Rue de Bel-Air, six gros cubes blancs se dressaient devant un pavillon, duquel sortaient deux hommes en jean, l'un vêtu d'un polo noir, l'autre d'un polo bleu ciel. Je ne distinguais pas les cubes en détail mais il s'agissait, de toute évidence, d'appareils électroménagers. Au hameau de Villesevreux, un type en combinaison, descendu d'un utilitaire noir, discutait avec le pilote d'un quad rangé sur le bas-côté. À Chevaux, une dame était figée debout sur sa terrasse. Son visage flou était tourné vers moi et la position de son corps, comme ceux de presque toutes les personnes croisées cette nuit, trahissait une certaine surprise. En retournant vers le bourg, une berline m'a doublé. Je l'ai suivie assez longtemps. Puis, subitement, sous le ciel de Sougy, elle s'est volatilisée.

Je ne rêvais pas ; j'errais sur Google Street View.

La navigation virtuelle n'est pas fluide. Clic après clic, on avance par à-coups. La sensation est comparable à celle que l'on peut avoir au démarrage d'une voiture puissante dont on prend le volant pour la première fois : on fait des bonds.

J'ai refait sur mon ordinateur des trajets effectués des dizaines de fois à pied ou en voiture. J'ai tenté de nouveaux itinéraires. J'ai collectionné les mares et les crucifix. J'ai exploré un hameau que je ne connaissais pas.

Les nuages plombaient ce coin de Beauce lors du dernier passage d'un véhicule de Google bardé de caméras. C'était en avril 2011. Depuis, sur mon écran, l'horizon est blanc-déprimant – à moins de faire glisser le curseur vers la gauche pour afficher les images captées précédemment. Dans le ciel d'octobre 2009, des traînées blanches et bleues se confondent. Un mois plus tôt : déjà des nuages, mais sur un joli fond bleu. Août 2008 : grand beau temps. Cette expérience est une caricature de c'était-mieux-avant.

Rue après rue, bâtiment après bâtiment, j'ai ainsi joué, chaque fois que c'était possible, à remonter le temps. Puis j'ai commencé, en pensée, à pousser beaucoup plus loin le curseur, en amont de cette prise de vues d'août 2008, en amont de Google, en amont d'Internet.

J'ai cramé les poubelles de tri, descellé les bancs publics, dynamité le château d'eau ; j'ai embarqué les véhicules, mis à bas pylônes et lampadaires, déraciné poteaux et potelets ; j'ai explosé les murs de parpaings et les jardinières en ciment destinées à décourager le stationnement ; à l'entrée du village, j'ai fait sauter les usines et le circuit auto-moto ; sur les vieilles fermes, j'ai démonté les volets roulants, pulvérisé les Velux et les portes en PVC, j'ai décroché les climatiseurs, les paraboles et les antennes râteaux ; j'ai défoncé les boîtes aux lettres, extirpé les compteurs électriques ; j'ai dévissé les plaques qui signalent le nom des rues et celles qui indiquent le numéro des maisons ; j'ai décollé le bitume, arasé les trottoirs, plastiqué les pavillons ; j'ai effacé une à une toutes les traces de modernité, jusqu'à ce que Sougy retrouve sa physionomie de carte postale ancienne – celle que connaissent nos personnages au printemps 1923.

Paroles, paroles

On sait comment ça se passe. Tout commence par une curiosité bienveillante : celle des collègues d'Alice, qui s'étonnent de ne pas la voir reparaître au travail ; celle des voisins, qui ne la voient plus effectuer ses trajets quotidiens. Veille-t-elle un parent tombé malade ? Est-elle souffrante ? Est-ce que quelqu'un sait ce qui lui est arrivé ? Son invisibilité soudaine est spectaculaire. On pressent que l'ordre des choses a été troublé. On n'a jamais tant parlé d'elle que depuis qu'elle est recluse.

Une semaine passe et la bienveillance perd du terrain. Les curieux se drapent dans des intentions charitables mais, entre eux, ils jugent scandaleux que les questions qui les obsèdent restent sans réponse. Les commères inquisitrices ressassent des hypothèses et s'interrogent à voix haute, chez les unes, chez les autres, chez les commerçants. Jour après jour, elles maintiennent la pression, qui ne retombera pas avant que des amies d'Alice, méthodiquement missionnées par leurs mères, reviennent avec des constats éloquents et, peu à peu, des bribes d'aveux qui, joie dans les chaumières, relancent le feuilleton. Puisqu'il n'y a pas de père, il faut résoudre ce mystère.

D'ailleurs, observent ceux qui ont des yeux pour voir, Olga, la fille du vieux Narcisse, est enceinte elle aussi, et on ne lui connaît pas non plus de fiancé. Personne ne croit aux coïncidences, cette bizarrerie n'en est donc pas une. Mais avouez que c'est curieux. Deux en même temps, comptent-ils, ignorants qu'ils sont de la grossesse parisienne de Marie, deux en même temps, on n'a jamais vu ça. Des jeunes filles qui avaient bonne réputation, en plus. Élevées par de braves travailleurs. Décidément, quelque chose ne colle pas, estiment les honnêtes gens.

Leurs interrogations s'élèvent dans l'air, rebondissent de maison en maison et colonisent les conversations. Elles envahissent l'espace, une venelle après l'autre. Elles dévalent les champs et les chemins creux, elles résonnent dans les cours de ferme, au lavoir, sur les places. Bientôt elles forment une nappe qui recouvre tout le village.

C'est alors qu'à ce bruit répond un autre bruit. Il est l'écho lointain des vantardises de plusieurs jeunes gens avinés, qui avaient conté leurs exploits sexuels chez Cassegrain la nuit du bal de la Saint-Laurent. Les hommes ayant parfois tendance à en rajouter en la matière, dit-on, leurs propos n'avaient pas été pris pour argent comptant. Certaines paroles avaient été prononcées. Il n'y avait aucune urgence à les classer du côté de la rodomontade ou du récit authentique… Et puis on avait cessé d'y penser.

Les auteurs de l'expédition nocturne, en entendant s'agiter les commères traqueuses de géniteurs fantômes, ont tôt fait de chambrer deux d'entre eux. Voilà qu'ils s'inclinent devant la richesse de leur semence, les félicitent pour cette paternité imminente, se proposent même comme parrains pour leurs futurs rejetons. Ils plaisantent sans se cacher. Évidemment, on les entend. On se souvient de leurs récits enivrés. Et pour finir, les deux bruits se rencontrent. Mieux : ils correspondent. Les paroles des garçons et la situation des filles s'emboîtent si parfaitement que pour tout le village, ce jour-là, une vérité s'impose.

Les berceuses d'Yvonne

Yvonne est venue en voisine. Lorsqu'elle a appris que Marie était de passage chez sa mère, elle a ouvert la grande armoire. Elle a soulevé sa pile de mouchoirs et en a extrait le plus joli, contour ajouré et bouton de rose brodé au centre.

Le cadeau ravit son amie. Yvonne n'ose pas demander mais Marie précède son désir : elle lui dépose son bébé dans les bras. Yvonne chante les berceuses qu'elle connaît, peuplées de bergères et d'agneaux blancs, de matelots aventureux et de loups menaçants, de forêts profondes et de princes charmants.

Marie est heureuse de pouvoir présenter sa fille. À Paris, elle est obligée de la cacher. M. Arnaud, le pharmacien, a été très clair : l'efficacité de sa bonne ne peut pas être entravée par la présence d'un enfant. Pour Marie, il était hors de question d'abandonner son bébé. Elle a laissé croire à son employeur qu'elle l'avait confié à une nourrice.

C'est presque le cas. Quand M. Arnaud est chez lui, à l'heure des repas, Paulette reste à l'étage des domestiques, confiée à une voisine qui n'en est plus à un enfant près – au contraire : les quelques pièces que Marie lui offre en dédommagement lui sont d'un grand secours. Quand M. Arnaud est dans son officine, Marie va chercher Paulette. Entre deux tétées, la petite fille dort dans un panier aménagé en couffin tandis que sa mère exécute ses tâches quotidiennes. Au début, Marie laissait le panier près de la porte de service, pour éviter que M. Arnaud ne le voie en cas de retour inopiné. Mais Marie a fini par admettre que l'improvisation ne faisait pas partie de la vie du pharmacien, qui respecte scrupuleusement les horaires qu'il s'est fixés.

Marie s'est sentie très seule après la naissance. Elle a été en proie au doute et à la tristesse. Au village, il y a toujours des sœurs, des tantes, des grands-mères pour montrer les gestes, transmettre un savoir-faire. À Paris, c'est une autre histoire. Sa voisine lui a donné quelques conseils mais, dans l'ensemble, Marie a dû se débrouiller. Elle a dû se faire confiance.

Au bout de quelques jours, entre Marie et Paulette, une intimité s'est créée. Dans une ferme, il y a toujours quelque chose à faire. On nourrit et on change les bébés quand c'est nécessaire, mais on ne passe pas des heures à les admirer. Dans sa chambre minuscule, Marie est entièrement disponible pour ce face-à-face. Elle se recueille devant cet être qui bave et qui ronflote. Elle suit la ligne des sourcils et celle du menton. Elle s'amuse du galbe des joues. Elle guette les sorties de la langue. Elle caresse l'ondulation des mèches. Elle déchiffre le dessin des oreilles.

Elle glisse la pointe de son auriculaire dans le petit poing serré.

Ce bloc de délicatesse, c'est aussi ce que contemple Yvonne en fredonnant ses chansons. Quand Paulette est enfin endormie, elle résume comme elle peut l'année qui vient de s'écouler, l'ordinaire de la campagne et les événements marquants. Elle apprend à son amie qu'Alice et Olga ont eu un fils chacune. Incrédule, Marie lui fait répéter l'information. Les dates concordent. Elle revoit les sourires chez Cassegrain, la course d'abord gaie dans le noir. Elle revoit le moment où tout est devenu lugubre. Elle sent à nouveau la peur et la pluie. Le goût de l'humiliation. Elle comprend qu'elle n'est pas la seule à s'être fait avoir la nuit du bal.

Elle en veut à sa mère, Adélaïde, de ne rien lui avoir dit. Son amie la raisonne : qu'est-ce que ça aurait changé ?

Qu'est-ce que ça aurait changé ? Mais ça aurait tout changé. Certes le souvenir n'en serait pas plus ou moins pénible. Mais elle se serait sentie moins seule. Elle aurait eu des compagnes à qui parler. Elles auraient pu pleurer ou rire ensemble.

Marie se lève et récupère sa fille endormie. Elle a besoin de la sentir contre elle. Elle lui emprunte un peu de tranquillité. Yvonne se lève à son tour pour prendre congé, la jeune mère doit se reposer. Mais ses pas sont comme ralentis.

La main sur la poignée de la porte, elle pivote vers Marie, qui la regarde hésiter en silence. Elle revient vers son amie et agrippe un dossier de chaise. Il y a autre chose, commence-t-elle, mais Marie doit promettre de ne pas le répéter. Pourtant Yvonne n'attend ni réponse ni promesse, elle s'élance sans laisser à son amie le choix d'entendre ou pas ce qu'elle a décidé de lui apprendre. Il n'y avait pas qu'elles trois. Alphonsine aussi est tombée enceinte. Et chez elle, il y a eu des cris. On aurait dit qu'on tuait le cochon. Un matin d'automne, dans le chemin, Alphonsine s'est mise à saigner. Elle a perdu son bébé.

Marie est secouée. Elle a de la peine pour Alphonsine. Elle serre Paulette contre son sein. L'avenir lui semble si flou. Elle pourrait rester dans cet océan de blé. Ici, elle a ses amies. Elle a ses repères. Elle sait lire les signes du ciel, elle peut emprunter le moindre chemin les yeux fermés. Mais rien de neuf n'est possible, ici.

Elle veut rentrer à Paris. Elle trouvera un nouveau travail. Elle doit poursuivre son rêve.

Confie-t-elle Paulette à sa mère, qui est veuve depuis six ans ? Ou repartent-elles toutes les trois ensemble ? Les détails nous manquent. De la vie de Marie, on sait peu de choses avec certitude. On sait en revanche que deux ans après la naissance de Paulette, Marie accouche d'un deuxième enfant. Toujours à Paris. Toujours de père inconnu.

Retrouvailles

Un soir, après le travail, ils en reparlent. Il a fait très chaud toute la journée. Pour se délasser, tout le monde a eu envie d'aller boire un coup. Sans s'être concertés, ils se sont retrouvés au café. Autour des chopines de rouge, la bande de copains est presque au complet.

Après quelques coups de gueule d'usage dopés à la mauvaise foi – il faut bien mettre un peu d'ambiance –, Eugène fait remarquer que la fête du village approche. C'est dit sur le ton de la gourmandise. En tout cas, c'est ainsi que la tablée l'entend. Ils ont tous la même idée en tête mais pas question d'être le premier à se dévoiler. Alors Eugène se fait plus explicite : quel souvenir, quand même… Acquiescement général. Marcel admet qu'en un an, y a pas à dire, il n'a rien vécu d'aussi fort. Quelques-uns s'esclaffent – ceux qui ont du succès auprès des filles.

C'est vrai que c'était bien, relance alors Eugène, qui arrive là où il voulait en venir : et si on remettait ça ? Instantanément, le cercle qu'ils forment est parcouru de rires nerveux. Une paire d'épaules après l'autre, tous se mettent à tressauter. Ça monte et ça descend, ça va de plus en plus vite. De loin, on dirait une vague qui tourne sur elle-même.

Çà et là, des sons transpercent cette secousse contagieuse. Une litanie de prénoms féminins, lâchés comme autant de cris de désir. On annonce des chiffres, un record à battre. Certains s'y voient déjà, c'est tout juste s'ils n'ont pas le bassin qui s'agite. Beaucoup en rajoutent, ils commandent encore du vin et lâchent des énormités pour entretenir le rire des copains. Dans la douceur du soir, ils se sentent bien, ils se sentent vivants, il ne faut pas que cette grande joie cesse.

À un moment, pourtant, l'agitation baisse, la vague s'estompe. Est-ce parce que la surenchère a atteint ses limites ? Est-ce la fatigue qui commence à se faire sentir ? Ils boivent encore un peu. Ils s'observent les uns les autres. Vraiment. Ils ne l'avaient pas encore fait. Ils réalisent que certains d'entre eux n'ont rien dit, qu'ils riaient un peu moins fort. Que ce moment de communion n'en était pas un. Mais Eugène, qui est un peu buté, insiste : il faut essayer les petites sœurs, les gars ! Qui prend qui, cette année ? Il en voit quelques-uns glousser, il croit que c'est reparti, on va bien rire encore, quelle soirée mes aïeux !

Eugène ne voit pas que maintenant, c'est de lui qu'on rit. De son entêtement. De ses œillères. Il faut mettre fin à ce malaise. Georges se dévoue : ce n'est pas sérieux, tranche-t-il. À son ton, tout le monde comprend que ça ne souffre pas la discussion.

Eugène est douché, bien sûr, mais si l'on observe bien les visages, on peut voir, sur la majorité d'entre eux, une forme de soulagement. Parce que Georges a eu le courage d'endosser le rôle du rabat-joie. Surtout, ils n'étaient pas certains que le projet d'Eugène, si excitant fût-il, ait été tout à fait souhaitable. Non pas qu'ils regrettent quoi que ce soit. Ils n'ont rien fait de mal, ils n'ont fait qu'obéir aux lois de la nature, ils n'éprouvent pas une once de culpabilité à la pensée des filles de l'été dernier. Mais à l'idée de recommencer, un je-ne-sais-quoi les gêne.

L'effet de meute, peut-être ? Ou l'intuition qu'il ne faut pas abuser de l'impassibilité des pères. Un jour ou l'autre, à ce jeu-là, on finit en jaquette devant monsieur le maire.

Sur les mares gelées

À Sougy, il y a bien longtemps qu'on n'a pas trouvé de nourrisson « exposé » à l'entrée de l'église, au pied d'un calvaire ou au bord d'un chemin. Autrefois, sous la pression familiale ou faute de moyens, les filles-mères se résolvaient parfois à l'abandon des « enfants du péché ». Mais une fois que ceci était réglé, la vie reprenait son cours et « la fille-mère n'était pas persécutée par les gens de la localité », assure Charles Marcel-Robillard dans son monumental *Folklore de la Beauce* en treize volumes. « C'était affaire entre elle et ses parents, d'une part, quand elle les avait, de l'autre avec son séducteur. »

Avec le fils d'Olga, Narcisse s'était montré magnanime : cet enfant n'a pas de père, il grandira donc chez son grand-père. Olga, auprès de ses parents, pourra remplir la mission qu'ils lui avaient fixée : être leur bâton de vieillesse. Et ainsi, tout le monde sera content.

Étienne ne se souvient pas du vieux charretier, mort avant son deuxième anniversaire. Mais sa grand-mère Maria veille sur lui. Quand on tue un mouton, elle prélève quelques osselets, les lave et les donne au petit garçon. Dans la cour de la ferme, Étienne joue au charretier, au maçon, au maréchal-ferrant. L'hiver, avec les enfants du village, il glisse sur les mares gelées. L'été, il court la campagne avec Jean, le fils d'Alice.

Lui n'a pas la chance d'être près de sa mère. Quelques semaines après l'accouchement, Alice a été envoyée à Orléans. Seule. Une tante lui a trouvé une place de domestique chez une vieille fille stricte. Aucun homme ne lui tournera autour, là-bas. Se séparer de son fils a déchiré le cœur d'Alice. Sa mère le lui a reproché : si on commence à s'attacher à des nourrissons, dont on ignore s'ils survivront, où va-t-on ? D'ailleurs si elle espère se marier, ce serait bien plus simple sans lui, non ? Alors trêve d'enfantillages et bon vent.

Dans cette cour des Grandes Bordes, un des hameaux de Sougy, Jean est un enfant parmi d'autres. À la maison, ses plus jeunes oncles et tantes n'ont qu'une dizaine d'années de plus que lui. La maison d'à côté, celle du frère aîné d'Alice, regorge de cousins. Entre les familles et les générations, les frontières sont floues. Mais Jean est sans sa mère. « Lilice est malheureuse », répétaient ses sœurs. Dès lors, elles ajouteront : « Et Jean aussi. »

Héros

À quoi bon avoir combattu en héros de l'autre côté de la Méditerranée ? À quoi bon être allé au feu ? À quoi bon avoir repoussé des ennemis pires que des bêtes féroces si c'est pour vivre à demi ? Prosper ne comprend pas ces hommes – son frère, ses oncles –, qui se résignent à une vie de rien. Ils se font émasculer par les bonnes femmes et les curés. Ils triment toute la journée pour se retrouver, le soir, avec des chiards dans les pattes.

Si on est vivant, il faut en profiter. Et pour profiter, il faut dominer. Oh, il sait qu'une vie ne lui suffirait pas pour posséder sa propre exploitation. Mais il n'a pas l'intention de rester fondu dans la masse des ouvriers agricoles.

Son patron, le fermier, ne l'intimide pas. Au contraire. Prosper cherche sa compagnie, suggère de réorganiser la disposition de l'étable pour gagner du temps dans le soin des chevaux. Dès qu'il aperçoit son patron, il devient très démonstratif, il redouble d'efforts et s'adresse à ses collègues avec ce qu'il imagine ressembler à de l'autorité naturelle. Si la manœuvre manque de subtilité, elle n'en porte pas moins du fruit : quand la place de maître-charretier se libère, la plus prestigieuse de la ferme, c'est Prosper qui est nommé. Il n'aime pas attendre ? Il ne tolère pas qu'on lui résiste ? Ce poste est fait pour lui. À moins d'être suicidaire ou de vouloir être renvoyé sur-le-champ, à un maître-charretier, on ne dit pas non. Même si l'ordre est injuste. Même si l'exigence est irréaliste ou hors de propos.

Prosper est dur avec les faibles et considère que les petites bonnes sont là pour son plaisir. Il se sert, lape leur peau laiteuse, croque leurs seins fermes, inaugure leur sexe tout neuf. Et si elles se débattent, son excitation redouble, il jubile sous sa moustache. Il se convainc d'être la chance de leur vie. Il a déjà rempli plusieurs ventres à la ronde. Ça fait des histoires dans les familles mais il trouve qu'on exagère : même avec un gosse, les filles finissent toujours par se trouver un époux. Au fond, les autres hommes devraient le remercier : il les aide à se caser. C'est précisément quand les filles ne sont plus vierges qu'elles cessent de faire les difficiles. Et après l'avoir connu, après qu'il leur a bien tapé dans le fond, elles sont dressées. Elles savent comment se conduire avec les hommes.

La saison des mariages

Malgré les mois de confinement puis l'exil à Orléans, il n'a pas oublié la beauté d'Alice. Didi – René Deslandes, pour l'état civil – sait bien qu'elle a un fils, mais son copain Lucien, le frère aîné d'Alice, lui a garanti qu'elle s'était toujours bien tenue. Et Lucien, on peut lui faire confiance : à la saison de la tonte, le pays entier lui confie ses moutons.

Surtout, Didi l'a bien noté, une fois qu'on a écarté les filles de patron, les souffreteuses et les incapables, si l'on observe les demoiselles du pays, c'est encore Alice la plus jolie. Alors, depuis quelques mois, il lui écrit. Elle lui répond. Ils se racontent un quotidien dont ils pourraient tout deviner et osent rêver à une rencontre, une promenade, un déjeuner sur l'herbe. Un jour elle lui conseille de signer Renée : la vieille fille chez qui elle loge surveille le courrier.

Au printemps 1926, Didi est contraint d'accélérer la manœuvre. Comme tous les ans, dans la nuit du 30 avril au 1er mai, les nouveaux conscrits ont accroché du lilas aux façades des maisons où vivent des jeunes femmes à marier. Celle de Mélina est particulièrement fleurie. Ça ne peut pas être pour Germaine ni pour Juliette : elles sont mariées. Ça ne peut pas être pour Renée, elle a décidé de consacrer sa vie au Christ. Ça ne peut pas être pour Sabine, elle n'a que 13 ans. C'est forcément pour Alice.

Pas question de laisser le champ libre à de jeunes rivaux. Didi rend visite à Mélina et demande la main de la jeune femme. On s'organise. La noce est prévue après les moissons et les vendanges, quand tout le monde aura un peu de répit. En octobre 1926, c'est chose faite : il épouse Alice, reconnaît le petit Jean et les emmène vivre une dizaine de kilomètres plus loin, à Beaurepaire, un hameau de Gidy réputé pour l'abondance de ses ruchers. Fin (provisoire) du malheur.

Fin novembre, c'est Marie, la Parisienne, qui est menée à l'autel. M. Arnaud s'est lassé de ses services. Marie a vu ses économies filer. Sa mère l'a convaincue de revenir quelque temps à Sougy pour se refaire une santé. Une chose en entraînant une autre, elle épouse Camille, un jeune journalier belge qui a deux ans de moins qu'elle, dont la famille est peut-être arrivée dans le Loiret pendant la Grande Guerre, comme nombre de réfugiés venus de Belgique. Monsieur le curé, ravi de voir que les choses rentrent dans l'ordre, n'a que des mots aimables. Il salue la solidité de l'alliance entre les deux familles : un mois plus tôt, le frère de la mariée a épousé la sœur du marié. Camille fait ce qu'on attend de lui. Il reconnaît les deux premiers enfants de Marie avant de lui en faire un troisième dans la foulée.

Olga, elle, a dû coiffer sainte Catherine et attendre une année de plus pour trouver chaussure à son pied. Son fils Étienne a presque 4 ans et demi, quand, du jour au lendemain, il change de nom, de lieu de vie, d'univers. On le déracine. On lui annonce que, désormais, ce type, dont une grande mèche de cheveux châtains couvre le front, est son père. Il s'appelle Joseph, il est ouvrier agricole. C'est le fils du bourrelier de Loigny-la-Bataille, où ils s'installent tous les trois. Ce village est deux fois moins peuplé que Sougy. Étienne doit s'adapter. On lui demande de donner le grain aux volailles, la botte aux bestiaux, le fourrage (on dit : « la mangeâille ») aux lapins. On l'envoie glaner. Il est bientôt imité par une petite sœur, Geneviève. À la maison, la mère de Joseph, qui vit avec eux, pique toute la journée sur sa vieille Singer.

Prosper avait pourtant juré qu'on ne l'y prendrait pas. À la surprise générale, en septembre 1930, l'ambitieux maître-charretier finit par se marier à son tour. Il a 31 ans. Aimée en a 18, elle est mineure. Et elle est enceinte de quatre mois. Les parents de Prosper ont-ils fait comprendre à leur fils qu'il était temps de se ranger et d'assumer ses responsabilités ? S'est-il épris de cette petite bonne qui lève vers lui ses grands yeux ? Pour la première fois depuis longtemps, les choses ne se passent pas exactement comme Prosper l'entendait. Et même s'il embrasse à pleine bouche la belle Aimée, même s'il lui fait les serments qu'elle attend, même s'il lui fera trois enfants, il sait qu'un jour ou l'autre, il le lui fera payer. Pas question que quiconque entrave sa liberté.

Le parking

Il a dû se vider un pot de gel sur la tête pour plaquer ses cheveux en arrière mais ses mèches n'ont pas pris le pli, elles se rebellent et rebiquent. Alors il va et vient devant la vitrine d'une boulangerie industrielle, et appuie à pleines mains sur son casque brun. Il maintient la pression plusieurs secondes, coudes relevés et moue de bonhomme, jusqu'à ce que son reflet se soumette. Puis il passe ses paumes sur son jean, peut-être pour les essuyer, et tire sur son polo logotypé, enfin satisfait. Hélas, il faut moins d'une minute pour que l'allure de footballeur gominé s'efface : c'est le retour du petit hérisson. Quelqu'un aurait dû lui dire que pour ce look, ses cheveux ne sont pas encore assez longs.

Il s'approche d'une voiture, garée quelques mètres plus loin. Devant un coffre grand ouvert, où l'on distingue une paire de baskets, un gilet jaune à bandes réfléchissantes et une bombe de déodorant, quatre filles en débardeurs et deux garçons en marinières font connaissance. Ils ont l'air d'avoir 18, 19 ou 20 ans. Ils n'en ont pas fini avec le Biactol. Ils secouent la tête au rythme du gros son de l'autoradio. Si l'un d'eux lance une vanne ou improvise quelques pas de danse parodiques, les autres, bon public, s'esclaffent, le menton en avant, et hurlent des encouragements répétitifs.

Ils ne fument pas, leurs deux mains sont prises. L'une tient la bouteille de « flash » qu'ils boivent au goulot, un mélange de vodka et de boisson énergisante qu'ils ont concocté en début de soirée, après s'être approvisionnés au magasin discount d'à côté. L'autre main tient un smartphone, avec lequel on se filme en riant ; ça fera de bonnes stories.

Je pivote. Des groupes similaires se constituent à divers endroits de ce vaste parking. Les allures varient mais pas l'attitude. Tous sont là pour boire, se vider la tête et flirter. Dans deux ou trois heures, grappe après grappe, ils traverseront la rue. Ils tenteront leur chance juste en face, à l'entrée de la boîte de nuit. Mais en attendant, ils se chauffent, ils font le plein d'alcool – à l'intérieur, les verres sont vraiment trop chers.

S'ils veulent se déhancher, c'est ici, tout près du Grand Cimetière d'Orléans, que viennent les arrière-arrière-petits-enfants des filles du bal de 1922. Il y a bien longtemps que plus personne ne danse au village. Les vélos ont peu à peu été remplacés par des mobylettes puis par des voitures : il a été possible de s'aventurer de plus en plus loin et de rencontrer, hors de portée des commères, des jeunes gens d'autres cantons.

Pour Charles Cassonnet, les bals ont vacillé quand les communes, prises d'une épidémie de construction de salles des fêtes, ont commencé à faire venir « des vedettes, des Claude François ». Lorsque je lui ai rendu visite, ce vieux monsieur en était encore surpris, et chagriné : « D'un seul coup, on était mis de côté, on était de l'ancien monde. »

Accordéoniste infatigable et mémoire vivante des bals beaucerons, Charles Cassonnet est une célébrité locale, en particulier chez les octogénaires. L'idole des vieux. Il m'a reçu dans sa salle à manger, entre champs et plaine. La table, immense, était recouverte d'une nappe verte, elle-même protégée par un film en plastique. Il y avait un renard empaillé et, de part et d'autre d'un buffet monumental, des posters en pied de mon hôte en costume de scène. Bleu électrique à gauche. Complet plus sobre à droite – c'était à l'occasion de son jubilé, en 2005, soixante-cinq années de carrière consacrées par un accordéon en chocolat et la visite de Magalie Vaé, gagnante de la Star Academy 5. Car le musicien joue toujours. Il anime encore deux ou trois galas par mois pour des retraités. Des noces d'or, aussi, pour des couples reconnaissants et nostalgiques. Il a fourni la bande-son de tellement de rencontres…

Surtout, il a longtemps joué dans un dancing racheté par son frère Marceau à deux beaux-frères de la région, les compères Jousset & Girard. Des panneaux de bois bordeaux, de jolies fenêtres à petits carreaux, un parquet du tonnerre : c'est ce dancing qui, le dimanche 27 août 1922, se dressait sur la place de l'église de Sougy.

Marche, valse, tango, cha-cha-cha, paso doble, samba, quadrille, polka, boléro… Sur le parking, tandis que j'essaie de me rappeler les rythmes chantonnés à coups de « pam, pam, pa-paaam » par Charles Cassonnet dans sa salle à manger, débarquent une fille moulée dans un blouson en simili-cuir et un type à casquette, ceinture à grosse boucle et pochette en bandoulière. Leur arrivée main dans la main est saluée par des sifflets : c'est une officialisation. Pour fêter ça, ils sont allés manger des tacos.

La bouche pleine de galettes St Michel parfum caramel, une étudiante raconte sa rupture : « Apparemment j'étais méprisante, distante, froide. Chuis choquée. » Son T-shirt souligne son message : « Cry Baby ». Commisération générale. Derrière elle, un autre changement de partenaire se prépare : « Déjà j'ai pas de temps pour moi, en plus tu vas m'oppresser ? Va bouler frère ! » Plus loin, deux copines aux décolletés conquérants débattent des mérites d'un jeune homme qui roule des épaules. Le col de sa chemise blanche est entièrement boutonné, le contour de sa barbe délicatement dessiné, la moitié inférieure de son crâne intégralement rasée. Verdict : « Il a de quoi se la péter. » Et elles l'imitent en riant. Elles m'amusent.

Quand leurs parents avaient 20 ans, il y avait encore un café à Sougy. C'est là qu'ils se retrouvaient, en début de soirée. Il n'y avait pas de portable ni de réseaux sociaux (et personne n'aurait songé à souffler dans un éthylotest) : c'est en buvant des bières qu'ils organisaient la suite des événements. Si l'un d'entre eux savait qu'un discomobile itinérant faisait étape dans une salle des fêtes des environs, ils s'y précipitaient. Sinon, restait à choisir une vraie discothèque – il y en avait à l'entrée des villes et le long des départementales, posées au milieu des champs.

Soudain, sur ce parking, j'entends quelqu'un crier son prénom. Alice. Ces deux syllabes aussitôt me plongent dans la confusion. Tandis que je cherche des yeux ladite Alice, je me réjouis de ce coup de main du destin : si j'arrive à l'observer tout à l'heure dans la discothèque, ce livre aura une belle fin – deux Alice qui dansent à un siècle de distance, la boucle sera bouclée. Je pourrai, en interrogeant la nouvelle Alice, mesurer ce que ce siècle a changé. Par rapport à celles de 1900, on fera le compte de ce dont les filles de l'an 2000 se sont délestées : une certaine innocence, la terreur de tomber enceinte, l'obligation de se marier. On insistera sur ce qu'elles ont gagné : liberté, pouvoir, autonomie, mobilité. On mettra en lumière les invariants : le désir de vivre, le goût d'aimer. Oui, ce sera formidable. À condition de la trouver.

Je scrute l'une après l'autre les filles du parking, avec la conviction que je vais finir par tomber en arrêt devant l'évidence d'un visage. Que puis-je faire d'autre, après tout ? Je ne vais tout de même pas passer de groupe en groupe en demandant si quelqu'un ici s'appelle Alice… Si ? Je me prépare à me couvrir de honte. À me faire charrier par ces gamins soûls. À me faire traiter de vieux pervers. À être photographié, filmé, et dénoncé publiquement sur Facebook… Je commence à douter de l'opportunité d'interroger cette jeune femme. La ficelle est trop grosse, le hasard s'est montré trop généreux. Il faut croire que je me suis inventé un prétexte bidon pour sortir en boîte. Toute cette affaire est ridicule, vraiment, je ferais mieux d'aller me coucher.

Je m'apprête à regagner ma voiture de location en longeant le Bricorama quand à nouveau j'entends les deux syllabes. Cette fois je localise la voix : elle sort d'une silhouette en robe rouge. Je cherche dans sa direction (quand même, cette idée d'interview n'était pas si mauvaise !) mais je ne vois pas quelle personne, suffisamment éloignée pour justifier un cri, est supposée s'appeler Alice. Il me semble que la robe rouge s'adresse à un T-shirt oversize qui s'éloigne, oui, c'est bien cela, et alors que je m'approche, la robe répète le prénom. Le T-shirt se retourne. Je comprends ma méprise.

Sur le parking, ce soir, il n'y avait pas d'Alice. Juste un minet nommé Ali.

Le soleil dans les yeux

On distingue des colonnes antiques, une volée de marches, des nuages rebondis, un feuillage généreux. Devant la toile tendue sur le mur du studio du photographe, à Orléans, Alice et René posent avec tout le sérieux du monde. Chez lui, on voit d'abord la moustache, très fournie, le nez très grand et un peu busqué, le front haut, les yeux marron foncé. Il porte un costume trois pièces, une cravate, une pochette. La veste à deux boutons est ouverte. Il a les mains dans le dos. Elle a la peau mate, elle s'est fait un chignon bas, un peu lâche, qui laisse quelques mèches voleter autour de son visage. Elle porte un collier, une robe sombre à boutons dont le col et les poches sont soulignés de satin clair. Sur ses chaussures, quatre fines brides maintiennent le pied. Elle a les yeux bleus. Elle est très belle. Ils sont heureux de s'être trouvés. Après cette séance, ils vont reprendre le car et rentrer chez eux.

Un autre cliché. On a sorti deux chaises dans la cour, devant la maison. Alice et René sont assis. Debout, entre eux, un petit garçon en chemise blanche et veste de marin : c'est Jean. Sur les côtés, deux fillettes : Madeleine en robe sombre, qui triture le tissu ; Simone en robe claire, col Claudine et petits volants. Roger, leur petit frère, avec ses bretelles, est entre les jambes de son père. Un bébé en robe blanche, Ghislaine, sur les genoux de sa mère. Alice esquisse un sourire, les enfants font la grimace ; ils ont tous le soleil dans les yeux. Une image du bonheur familial ?

Il faudrait savoir ce qui se passe juste avant ou juste après la pose. Peut-être fête-t-on le baptême de Ghislaine. On a dit aux enfants de se mettre ici, là, rapprochez-vous, oui comme ça, on ne bouge plus, mais la vérité, c'est qu'ils ne savent pas bien ce qu'on est en train de faire. On crée des traces, qui peuvent devenir de faux souvenirs, parce que cette famille n'est jamais réunie ainsi. La vérité, c'est qu'à part Jean, qui va sur ses 10 ans, les enfants ont une idée assez confuse de l'identité du monsieur assis à côté de leur mère.

À cette époque, René ne vit plus avec eux. Voilà des années qu'il était pris de quintes de toux en travaillant dans les champs. Le docteur avait diagnostiqué « un chaud et froid ». Son état empirant, un autre médecin avait été consulté : ce n'était pas une mauvaise grippe, c'était la tuberculose. Depuis 1933, René réside à Chécy, à quatre ou cinq heures de marche de Gidy. Il est pensionnaire aux Sablons, un sanatorium qui accueille gratuitement les malades indigents du Loiret.

Lorsque René rend brièvement visite à sa famille, « notre mère ne nous disait pas que c'était notre père », raconte sa fille Simone, encore tout étonnée, huit décennies plus tard.

Quitter Sougy

Un cliché, encore. En scrutant les visages, sur la photo-souvenir d'une noce, peut-on distinguer une union arrangée d'un mariage d'amour ? Sur le parvis de l'église Saint-Germain, Marie et Camille sourient timidement. Ils semblent un peu gauches. Les invités affichent en majorité une expression neutre. Personne n'est dans l'embarras à cette période : la deuxième paye de l'année vient de tomber. Au dernier rang, une jeune fille louche. Sur le côté, un petit garçon se dandine. Et puis, tout près des mariés, un jeune homme et une femme d'un certain âge sont la joie incarnée. C'est le frère et la mère de Marie.

On ignore ce que les deux époux éprouvent l'un pour l'autre ce jour-là. On ignore comment se passe leur installation commune, la grossesse, la vie avec trois jeunes enfants. En revanche, on sait que le mariage dure deux ans à peine : Camille meurt à Orléans. La chronique familiale retient qu'il s'est fait « foutre en l'air par un bus en allant voir l'incendie d'un grand magasin ».

Marie reprend alors les rênes de son existence, qu'elle n'aurait jamais dû lâcher. Elle se fait la promesse que plus personne ne lui dictera sa conduite. Elle a perdu trop de temps comme ça. Elle quitte Sougy pour se fixer définitivement en région parisienne. Dans le train du retour, elle baisse la vitre, arrache son voile de deuil et le jette au vent. Elle le suit des yeux : il plane doucement et s'élève, tournoie, c'est gracieux. Il flotte dans les airs, se laisse traverser par la lumière, il danse avec les oiseaux ; puis, d'un coup, il vrille, se ratatine en boule et retombe à terre, pauvre chiffon.

Sa mère la rejoint à Paris avec les enfants. Encordées comme des alpinistes, les deux femmes dépendent l'une de l'autre. Elles sont condamnées à la solidarité. Si loin du lieu qui les a constituées, elles recréent un semblant de foyer. Dans ce combat incessant de la vie quotidienne, elles deviennent des alliées, des compagnes, que seule la mort séparera – et encore : leurs cercueils partageront le même caveau.

Pour l'instant, Marie ne pense qu'à son objectif : devenir infirmière. Dans un premier temps, elle pourrait trouver une place de fille de salle. Ce serait un bon moyen de mettre un pied à l'hôpital. Mais elle n'en a pas fini avec les faux espoirs et les trahisons. Marie accouche bientôt d'un quatrième enfant, de père inconnu. Morsure de la répétition.

La fureur des grands chênes

S'il y en a une qui n'avait vraiment pas la vocation médicale, c'est bien Olga. Moins on fréquente les docteurs, mieux on se porte, elle l'a toujours entendu dire. Seulement, en 1934, son mari est mordu par un cheval à la cuisse gauche.

Les médecins constatent d'abord une « grosse gêne fonctionnelle ». C'est trois mots. Trois mots tracés d'une plume élégante. Trois mots descriptifs. Trois mots courants, qui ne s'embarrassent pas de l'habituel jargon médical. Mais comment se figurer ce qu'ils signifient ? Dans le village et dans son foyer, Joseph n'existait que par son travail. Et voilà qu'il ne peut plus travailler comme avant. C'est un homme diminué. Il y a les blessures de guerre, qui ont un peu de noblesse. Et puis il y a les autres, absurdes coups du sort. Les collègues de Joseph font mine de ne pas le voir peiner mais il y a des jours où il peut à peine bouger. Il est jeune encore mais ses forces le quittent. Il suscite des commentaires. Bientôt on le ménagera comme un vieillard. Se reconnaît-il de bon matin, son rasoir à la main, dans le petit carreau de miroir ?

Que lit-il dans le regard de sa mère ? Que voit-il dans les yeux d'Olga ? De la pitié ? De la colère ? De l'amour ? Du dégoût ? En l'épousant, elle avait voulu donner un père à son fils. En a-t-il seulement l'étoffe ?

Les trois mots des médecins ont tout changé. Désormais, la maison de Loigny est pleine de reproches silencieux. Et Olga s'en veut de lui en vouloir.

Le petit Étienne, qui a 11 ans, est placé comme vacher dans une ferme des environs. Il passe ses journées dans la solitude des pâturages. Il siffle entre deux brins d'herbe et compte les fourmis, les nervures des feuilles, les lièvres qui détalent : il ordonne le monde. Avec son canif, il sculpte des frises dans l'écorce des branches. Il refait des gestes qu'il a vu faire sans les comprendre. Sur une planchette qu'il tapisse d'amadou, il fait vriller une baguette aiguisée. Il la frotte longuement entre ses mains et redécouvre, ébloui, la maîtrise du feu. Il s'amuse de la fureur de deux grands chênes qui agitent leurs branches et semblent s'accuser de mille maux. Seule la foudre viendra les départager, envoyant au tapis l'un des deux rivaux. Étienne scrute les ciels, qui passent par toutes les nuances de bleu, de gris, de blanc et d'or. Le soir, quand le soleil est rouge, il sait dire combien de secondes il lui reste à briller avant de glisser de l'autre côté de la terre. Et tandis que le hibou bouboule comme une girouette mal graissée, il observe les crapauds qui bondissent dans la mare où est tombée la lune.

Joseph, lui, n'aime plus les couchers de soleil – ils annoncent une nouvelle nuit de souffrances. Au fil des ans, sa cicatrice, en forme d'entonnoir, continue à se creuser et à s'infecter. En 1938, un médecin militaire l'examine : l'inflammation du tissu osseux est sérieuse, Joseph est réformé définitivement. Il est très affaibli. Tout le monde ne l'appelle plus que « Flappi ». Nouvel examen quelques mois plus tard : les deux jambes sont atteintes de « carie des os ». Frissons, poussées de fièvre et puissants maux de tête l'immobilisent et achèvent de transformer Olga en infirmière.

La lanterne d'Ursule

À Beaurepaire, la maison où les enfants d'Alice ont grandi sert aujourd'hui de débarras amélioré : on y entrepose du matériel de jardinage. Mais si on fait abstraction de l'eau courante et de l'électricité, elle est à peu près dans son jus, comme disent les agents immobiliers pour magnifier la vétusté.

À droite de l'escalier qui mène au grenier, une première porte donne accès à l'étable ; la deuxième à la maison proprement dite. En entrant, on pose le pied sur une trappe : elle dissimule l'entrée de la cave. Encore un pas et l'on se trouve dans la pièce principale. Des carreaux de terre cuite recouvrent le sol. Au centre trône un poêle à bois, dont les tuyaux s'échappent, derrière, dans la cheminée.

À l'heure des repas, le long de ce mur, Alice serre ses enfants sur un banc. Elle s'installe, seule, sur une chaise, de l'autre côté de la table. Au cours de la journée, transformée en cheval de bois ou en char phénoménal, une deuxième chaise a cavalé tant et plus. Mais le soir, bien rangée à côté du poêle, elle est réservée à Ursule. Ursule qui, sur les actes d'état civil, signe en détachant chaque lettre et omet le « e » final de son prénom, c'est la mère de René. Sa maison se trouve juste derrière et chaque jour, en fin d'après-midi, elle rejoint sa belle-fille et ses petits-enfants. Qu'il fasse soleil ou qu'il neige, Ursule est chaussée de charentaises et couverte de pied en cap.

Quand sonne l'heure du coucher, Ursule allume sa « golo », une lanterne équipée d'une petite bougie, et une des filles de la famille est désignée pour la raccompagner jusque dans son lit, ajuster le rideau le long du matelas, et dormir avec elle. Pendant ce temps, dans la maison d'à côté, on déplie le lit-cage d'Hubert dans la cuisine, où dort aussi Alice. Les quatre autres enfants s'installent dans la chambre, où se trouvent une commode, deux armoires, deux grands lits : un pour les filles, un pour les garçons. Dans un coin s'élève une drôle de table construite avec des bobines vides : cadeau de l'oncle Charles, celui qui vit à genoux.

Le jour de ses 14 ans, Jean quitte l'école et part travailler à la ferme de Villevé, à Orgères-en-Beauce. Il dort dans l'écurie. Le dimanche, il avale à bicyclette 22 kilomètres d'une route pleine de trous et de cailloux pour voir sa famille – et se changer. Puis il repart dans l'autre sens, les chaussures fraîchement astiquées à la graisse.

En décembre 1937, sans explication, les enfants sont envoyés passer la journée chez des voisins. Le soir, pour regagner leur lit, ils doivent passer par la fenêtre de la chambre. Interdit d'entrer dans la cuisine. On ne leur a rien dit, mais leur père y agonise. Il est rentré mourir chez lui. Alice se retrouve veuve, à 36 ans, avec six enfants. Elle ne se plaint pas, il n'y a rien à dire, mais le chœur du village reprend de plus belle : « Lilice est malheureuse. »

Seules

Récapitulons. La nuit du 27 août 1922, à Sougy, plusieurs jeunes filles du village ont des relations sexuelles non consenties avec des jeunes gens. Quatre d'entre elles tombent enceintes. L'une (Alphonsine) fait une fausse couche. Les trois autres donnent chacune naissance à un enfant de père inconnu, en avril (Olga) et en mai 1923 (Alice et Marie), au terme d'une grossesse vécue dans la honte, parfois le secret. Les voilà filles-mères. Pendant trois ou quatre ans, c'est leur identité première. Elles ont beau être de bonnes domestiques, elles ont beau être charitables, elles sont d'abord des filles-mères.

Et puis, pour diverses raisons parmi lesquelles l'amour n'est pas forcément exclu, trois hommes épousent ces trois femmes. La société considère qu'ils leur rendent leur honneur. Ils donnent aussi, en même temps que leur nom, une légitimité à Étienne, Jean et Paulette, les enfants sans père du printemps 1923. Pour Olga, Alice et Marie, c'est un nouveau départ. Elles sont encore jeunes, 25 ans de moyenne à elles trois, leur vie n'est pas écrite. Elles peuvent rêver. Elles deviennent maîtresses de maison, accueillent de nouveaux enfants…

Mais au bout de deux ans – peut-être pas deux ans de bonheur, on n'en sait rien, mais d'une situation jugée, disons, normale –, l'époux de Marie meurt. Cinq ans plus tard, celui d'Alice part au sanatorium. Et l'année suivante, celui d'Olga devient infirme.

On pourrait gloser sur la faiblesse des trois hommes qui ont épousé ces trois femmes. Pères de substitution, maris passés après d'autres, quelque chose les a empêchés de remplir leur rôle. On pourrait psychologiser la situation, se perdre en interprétations. Une seule certitude : à nouveau, Alice, Marie et Olga ne peuvent compter que sur elles-mêmes.

Malentendus

« Un insupportable malentendu. » Si les faits s'étaient déroulés de nos jours, est-ce ainsi que l'on aurait parlé de ce qui s'est passé en cette nuit d'août 1922 ? Cette expression a accroché mon regard dans un compte-rendu de procès : « Toute l'ambiguïté de ce dossier difficile réside dans ce qui ressemble à un insupportable malentendu », notait le journaliste. C'était un article de *La République du Centre*.

J'avais prié le rédacteur en chef du quotidien régional de bien vouloir m'accorder une faveur : me laisser utiliser, pendant quelques heures, le logiciel qui permet à ses équipes d'accéder aux archives du titre. Au fin fond d'une ZAC, à proximité d'un centre de tri postal, j'étais d'abord passé devant le siège du journal sans le voir. La bruine avait recouvert mes lunettes et, du trottoir d'en face, je n'avais pas pu lire le panneau qui indiquait sa présence derrière un premier immeuble de bureaux. À vrai dire, je ne sais même plus si j'avais essayé. Je marchais depuis une vingtaine de minutes à un bon rythme, j'étais porté par mon propre élan dans ce quartier qui m'était inconnu et qui ne correspondait en rien à l'idée que je me faisais d'Orléans. C'était une marche agréable, sur des trottoirs lisses et larges, et je n'avais pas envie d'arrêter ce mouvement, pas envie non plus de couper la voix podcastée dans mes oreilles, celle d'une écrivaine dont je connaissais mal le travail et qui expliquait, au moment précis où je compris que j'étais allé trop loin, que « les livres s'élaborent en rêvassant, en marchant dans la rue, en s'imprégnant de visions ». Il était temps de l'interrompre, j'arrivais, mais l'écran tactile de mon téléphone refusait d'obéir à mes doigts humides. « Le boulot de l'écrivain, ajouta donc la voix alors que je m'engageais sur le parking du journal, c'est de comprendre ce qu'est un humain, en creusant en lui-même, en observant les autres et en racontant des histoires. »

Ce jeudi de septembre, les reporters n'avaient pas grand-chose à se mettre sous la dent. Certes, la police d'Olivet avait arrêté un homme qui, depuis trois semaines, passait ses nuits à boucher à la colle les serrures des commerces du centre-ville. Heureusement, la fin de semaine s'annonçait plus trépidante avec l'élection de Miss Centre-Val de Loire – qui verrait une sommelière de 23 ans décrocher la couronne – et, surtout, l'ouverture d'une nouvelle session de procès devant la cour d'assises du Loiret. Premier cas soumis à l'examen des jurés : un jeune homme est accusé d'avoir violé une jeune femme. Il avait 16 ans, elle en avait 19. Il faisait nuit. Ils étaient sur le parking du New's, une discothèque perdue dans la campagne.

Pour le jeune homme, c'est ce qu'il affirme aux jurés, cette relation était librement consentie. Encore un « insupportable malentendu » ?

Dans l'affaire qui avait poussé le chroniqueur judiciaire de *La Rep'* à employer cette expression, quelques années plus tôt, l'accusé avait lui aussi plaidé le consentement. José avait 25 ans et, un soir de mai 1999, à Montargis, il avait proposé à Lætitia, 18 ans, de monter sur son scooter. Peu après, la jeune fille s'était retrouvée étendue dans une clairière. Le garçon l'avait pénétrée, ils avaient fumé une cigarette puis, comme convenu, José avait déposé Lætitia un peu plus loin. Au procès, la jeune femme avait expliqué qu'elle avait eu peur de mourir. L'expert psychiatre avait estimé qu'elle avait pu « faire preuve d'une apparente soumission, laquelle constitue un mode de défense pour se protéger de violences physiques ». Mais José, qualifié par le procureur de « rustre, à la sexualité proche de l'animalité », n'avait pas compris : il s'était convaincu que la jeune fille avait eu envie de lui. Ni remords ni regrets – sauf celui d'avoir trompé sa petite amie.

Installé à mon bureau d'un jour, j'égrène les affaires de viol traitées par le journal. Janvier 2000 : un homme de 29 ans, qui n'accepte pas la rupture avec son ex-petite amie, se rend sur son lieu de travail pour la reconquérir. Sans succès. Il s'énerve, la frappe avec un fil à plomb, se jette sur elle, arrache ses vêtements et la viole à deux reprises. Novembre 2000 : un livreur de pizza viole une jeune femme sous curatelle tandis que son complice, un cuisinier, se rend au distributeur après lui avoir extorqué son code de carte bleue. Septembre 2003 : à 3 heures du matin, dans le centre d'Orléans, une femme, la trentaine, est surprise par un homme qui lui place un cutter sous la gorge. Il l'emmène à l'écart dans une petite rue piétonne. Avec du ruban adhésif, il lui lie les mains dans le dos et lui bande les yeux avant d'exiger qu'elle s'allonge. Mais l'érection de l'agresseur est défaillante : il s'enfuit en s'excusant. Septembre 2003 : peu après 22 heures, en descendant du tramway, à Fleury-les-Aubrais, une jeune femme de 19 ans est accostée par un homme qui prétend avoir une arme cachée sous ses vêtements. Il l'oblige à le suivre dans une ruelle où il la viole. Janvier 2004 : une jeune femme célibataire, au chômage, ouvre la porte à un ex qui lui rend visite à l'improviste avec un copain. Le trio passe le début de la soirée à boire puis les deux hommes imposent à la jeune femme des rapports violents. Janvier 2007 : à l'aube, peu de temps après avoir quitté la discothèque Cap 45, le long de la nationale 20, une jeune femme ivre est entraînée de force jusqu'à un chantier, à 500 mètres de là, où elle est rouée de coups puis violée par un SDF de 22 ans qui sortait lui aussi de la boîte de nuit…

Je pourrais continuer encore longtemps. Mais tandis qu'autour de moi, dans l'open space du journal, les reporters s'affairent, je m'aperçois que je reviens sans cesse aux onglets laissés ouverts sur la droite de mon écran ; je reviens à cet « insupportable malentendu » entre José et Lætitia ; je reviens à ces jeunes femmes attrapées à la sortie de discothèques, nos dancings contemporains. Je ne peux m'empêcher d'y projeter, à un siècle de distance, les protagonistes du bal de Sougy.

Si les faits s'étaient déroulés aujourd'hui, des images de la soirée auraient peut-être été partagées sur Snapchat avant d'être bloquées par les autorités. Il y aurait eu une enquête de gendarmerie et des tests ADN. Il y aurait eu des cellules psychologiques, des arrêts de travail, des certificats médicaux. Il y aurait eu des pilules du lendemain et des dépistages de MST. Il y aurait eu des tests de grossesse, peut-être des IVG. Sougy serait devenu un hashtag, des voisins auraient exprimé leur étonnement sur BFM TV. Une marche aurait été organisée dans le village avec des T-shirts à message. À l'Assemblée nationale, lors d'une question d'actualité, un député aurait été très applaudi après avoir affirmé, index tendu, que la honte devait changer de camp. Une des victimes aurait enregistré un message vidéo sur son smartphone, aussitôt repris par Brut et remonté à l'infini. Il aurait suscité des dizaines de milliers de réactions. Certains accusés auraient cessé de recevoir des propositions de leur agence d'intérim. C8 aurait organisé un débat sur le respect de la présomption d'innocence. « Les filles de Sougy » auraient été invitées à Paris par la secrétaire d'État chargée de l'Égalité femmes-hommes. La photo de cette rencontre aurait inspiré des mèmes et des chroniques satiriques à la radio. *Le Figaro* aurait lancé une polémique sur la sécurité des lieux de nuit et exigé des fermetures administratives. Quinze jours plus tard, *L'Obs* aurait publié une grande enquête sur la misère sexuelle en milieu rural. On aurait découvert avec stupéfaction que des pans entiers de la société étaient restés complètement à l'écart de la révolution #MeToo. Des tribunes auraient appelé à se libérer de l'injonction à la virilité. D'autres auraient pointé l'influence du porno. Puis tout le monde se serait mis d'accord sur une solution : l'éducation. Et, du jour au lendemain, on serait tranquillement passé à autre chose…

« Mais quel point de vue de mec ! » Zineb relit ce passage en vapotant. Elle dit qu'il y aurait eu des insultes. Elle inspire, expire. On aurait fait circuler des photos des filles, aguicheuses, trouvées sur Tinder. On aurait détaillé leurs tenues. On les aurait traitées de menteuses, on aurait mis en cause leur réputation et leur passé. Nuage de vapeur. Elle insiste : on aurait forcément sali une des victimes. Elle a raison.

À l'approche du procès, quatre ans après, tout aurait recommencé. Le *JDD* aurait donné le coup d'envoi avec un reportage impressionniste titré « Retour à Sougy ». Dans le magazine *Elle*, on aurait pu lire un émouvant portrait de groupe centré sur l'évolution des victimes : résilience et reconstruction chez certaines, impossibilité de tourner la page pour les autres. Une mère aurait confié au *Parisien* son désir que la justice marque le coup et fasse des exemples. Au deuxième jour du procès, une psychiatre interviewée un peu partout aurait détaillé les mécanismes neurophysiologiques à l'œuvre chez une victime de violences sexuelles. Sur son mur Facebook, une dessinatrice féministe aurait posté une BD de vulgarisation sur la notion de mémoire traumatique. Le soir même, au « Téléphone sonne », un historien aurait expliqué combien la perception du viol avait évolué. Il aurait souligné qu'on était très loin de l'époque où l'on considérait que l'issue d'un tel crime était l'immoralité ; l'enjeu n'était évidemment plus la débauche, aurait-il développé, mais la brisure d'identité, la mort psychique.

Il y aurait eu des condamnations. Il y aurait eu des peines de prison. Nous aurions été nombreux à vouloir consacrer un livre à cette histoire.

Saint Pierre attendra

Ni journaux ni radio. Quand la guerre éclate, la famille d'Alice suit de loin en loin l'évolution du conflit, en écoutant Jean, le dimanche midi, répéter ce qu'il a entendu toute la semaine à la ferme. La guerre est à la fois lointaine et toute proche. Dès que la base aérienne de Bricy est bombardée, tout le village craint d'y passer. À chaque alerte, les écoliers sont envoyés se réfugier dans des caves du voisinage.

Dans quelques mois, avec sa femme Odette, le maître d'école, Lucien Bourgon, passera une partie de ses nuits à fabriquer des faux papiers et des cartes d'alimentation pour des prisonniers évadés ou des groupes clandestins. Les Bourgon feront passer des tracts, hébergeront des familles juives... En juillet 1944, dénoncé par une collègue, l'instituteur sera supplicié dans la cour de l'école et déporté.

Pour l'heure, Alice peut se féliciter que son fils aîné ne soit pas devenu électricien. Le gendre de son patron, qui cherchait un commis, lui avait pourtant proposé de lui apprendre le métier. Jean s'était senti pousser des ailes. Mais Alice avait refusé : les fermiers auront toujours besoin de main-d'œuvre, on pouvait en être sûr ; alors que l'électricité, ça n'allait peut-être pas durer. Inutile de prendre des risques avec le seul salaire de la famille.

En juin 1940, le patron de Jean lui prête un cheval et une charrette. Il lui explique que tout le monde s'enfuit et qu'il doit fuir aussi. Alice n'est pas du genre à délibérer bien longtemps : elle libère sa vache et monte dans la charrette avec ses trois plus jeunes enfants. Entre deux bombardements, Jean conduit, ses deux petites sœurs suivent à pied, pendant une centaine de kilomètres, jusqu'à Selles-sur-Cher, où Simone fête, si l'on peut dire, ses onze ans. Les troupes allemandes arrivent. « On va tous mourir », annonce Alice à ses enfants.

Jusqu'ici, elle a tenu, elle a fait face aux difficultés de la vie. Mais là, c'est au-dessus de ses forces, elle ne lutte plus, elle s'abandonne. D'ailleurs, si la mort arrive c'est que Dieu l'a bien voulu. C'est à Lui qu'il faut penser à présent.

À part ce qui s'est passé au bal l'été de ses 21 ans – et pour cela elle a fait pénitence, elle a récité tous les Pater et les Ave exigés par son confesseur –, elle a toujours suivi les Commandements et les sermons de l'abbé Hémon. Elle a fait baptiser ses enfants, ils ont reçu des images pieuses et les sacrements, il leur manque cependant l'extrême-onction, alors elle cherche autour d'eux, mais elle ne voit pas de soutane à l'horizon. « On va tous mourir », répète-t-elle, et elle ne sait pas quoi faire d'autre. Au point où ils en sont, autant que ça vienne vite. Elle abdique toute volonté. Les enfants paniquent en silence. Elle les voit se recroqueviller dans le fossé mais elle s'est résignée à l'impuissance. Elle se demande si elle n'a pas toujours vécu ainsi : elle a accepté son sort, n'a pas désiré une autre forme de vie.

Mais voilà que les soldats ennemis passent et ne les égorgent pas. Ils poursuivent leur chemin, saint Pierre attendra. Là, il faut se rendre à l'évidence, continuer ne sert à rien. Dans une pagaille indescriptible, Alice et sa famille font demi-tour, peinent à trouver un pont encore debout pour retraverser la Loire, et regagnent enfin Beaurepaire. Alice ne franchira plus jamais les frontières du département. Dans un champ voisin, elle retrouve sa vache. À la maison, les lits sont en désordre. Sur la table se trouvent une fourchette et une cuiller reliées par une vis – des couverts de soldats de la Wehrmacht.

« Les Allemands étaient là, ils avaient tous les droits, se souvient Simone, la fille d'Alice. Dans les fermes, ils prenaient les chevaux, ils prenaient tout. Y avait pas à discuter. À la boulangerie, dans les épiceries, ils étaient servis les premiers. Nous on crevait de faim et on n'avait qu'à se taire. »

Pour nourrir ses enfants, Alice cultive des légumes, elle élève des poules et des lapins. Elle leur fait boire le lait de sa vache, et avec celui de sa chèvre, elle fait des fromages. Quand ils ont trop faim, il leur arrive de suivre en douce les copains qui ont pris l'habitude d'aller patienter avec une gamelle devant la salle des fêtes où les troupes occupantes ont installé leur QG. Là, ces « salauds de Boches » distribuent de la soupe aux gamins affamés.

Les dates anniversaires

À la fin du mois d'août, comme tous les ans, Olga repense au bal de Sougy. Elle y est obligée, c'est la veille de son anniversaire… Ni sa nuit de noces ni celles qui ont suivi n'ont effacé ce qu'elle a vécu cette nuit-là.

Elle repense à ce jeune homme qu'elle n'avait pas choisi, dont les traits s'inscrivent de plus en plus précisément sur le visage d'Étienne : le même front droit, le même nez rectiligne, les mêmes yeux bleus. Ce rappel, à chaque fois qu'elle retrouve son fils, le dimanche, a quelque chose d'insupportable. Mais elle a eu de la chance dans son malheur : le vrai père d'Étienne n'était pas repoussant.

Pendant quelques années, après le bal, il lui est arrivé de le croiser dans le bourg, sourire poli et casquette soulevée du bout de l'index. Et puis, un jour, les patrons des carrières de la route de Patay n'ont plus eu besoin de ses bras ; elle ne l'a plus jamais revu.

Parfois, elle se demande ce qu'il est devenu. Elle ne le saura jamais, elle ne connaît même pas son nom, mais elle imagine qu'il a repris la route, en quête d'aventures : il a dû dormir à la belle étoile, mettre K-O des voleurs de grand chemin, nager dans la Loire et la suivre jusqu'à l'océan, débarder des caisses sur le quai d'un grand port, s'embarquer sur un paquebot à destination du Nouveau Monde, devenir chercheur d'or en Amérique.

Évidemment, elle n'en dit rien à personne. Il n'y a que les vieilles folles qui parlent à leurs bestiaux.

Versailles

Le dimanche matin, Prosper s'installe au café, face à l'église, et raille en fumant les culs-bénits, ces esprits faibles qui viennent se faire dicter leur comportement par un abbé qui ignore tout des choses de la vie. Parmi eux se trouve parfois Alice, lorsqu'elle fait des infidélités à la paroisse de Gidy pour rendre visite à sa mère et à Pierre, son frère cadet, qui a repris la maison des parents. À un moment ou un autre de la journée, ils seront rejoints par Germaine, Lucien ou Georges, ces frères et sœurs devenus voisins, installés à quelques dizaines de mètres les uns des autres pour le restant de leurs jours. Tandis que les cousins joueront ensemble, leurs parents compareront leurs statures. Alice s'inquiètera de la faiblesse de ses deux plus jeunes enfants. Dès qu'on en aura fini avec cette guerre, s'ils ne se prennent pas une bombe sur la tête, elle les enverra se refaire une santé au sanatorium marin de Roscoff.

À la sortie de la messe, Alice le voit forcément. Elle voudrait ne pas le dévisager, d'abord parce qu'elle ne veut pas qu'on la voie le regarder, mais son regard à lui est tellement vide qu'elle est comme happée ; elle a besoin d'y lire quelque chose, dans ce regard, alors elle le fixe intensément, d'autant plus intensément qu'elle a l'impression qu'il observe un point à travers elle, comme si elle était transparente ; elle se demande s'il fait exprès de l'éviter ou si vraiment il ne la voit même pas, mais elle sait que c'est impossible ; ou alors il a tout oublié, il y a eu tant d'autres filles… Elle fixe mais elle ne voit rien, elle se perd dans le vide de ses yeux, et déjà, à son bras, sa mère aveugle s'impatiente : il est temps de rentrer.

Sur le chemin du retour, Alice guette les permanences et les changements de ce village qui l'a vue grandir. Une poulie grince : le boulanger fait descendre un sac de farine de son grenier. Chez Moulin, un joueur de belote monte à l'atout. Alice et sa mère dépassent l'épicerie, puis la maison de Prosper. Celle-ci se trouve à l'épicentre du village, à mi-chemin entre la mairie et l'église. Où que l'on aille à Sougy, à moins de faire des détours sur lesquels il faudrait s'expliquer, on est obligés de passer devant chez lui. Debout dans l'encadrement de sa porte, le cordonnier salue les passants et plaisante avec le maréchal-ferrant qui, dans sa cour, répare un vélo. Pas grand monde à cette heure-ci au Café de la Mairie. Alice aperçoit, en le longeant, la fresque du château de Versailles qui orne le mur du fond. Gamine, elle était fascinée par ce trompe-l'œil. Lorsqu'elle passait devant le café, elle se collait à l'une des fenêtres de la façade et elle était happée par le décor, aspirée par le palais. Sa blouse d'écolière devenait une capeline, elle déambulait parmi les dorures et les silhouettes présentes dans la salle devenaient celles de courtisans du Grand Siècle. Elle sourit en imaginant les habitués du café portant perruques et talonnettes…

Après la menuiserie, le pas de Mélina ralentit. Toute sa vie elle a effectué ce parcours, son corps en connaît chaque centimètre, l'imperceptible dénivelé, et les déformations du sol, les creux qu'il faut éviter quand il a plu. Elle sait que l'épicerie-buvette de sa cousine Antoinette n'est plus très loin. Elle veut lui laisser le temps de les voir passer et de sortir les saluer. Alors elle demande à sa fille s'il y a du monde chez le boucher. Alice compte trois uniformes allemands : inutile de s'attarder. Antoinette doit être occupée, les deux femmes poursuivent leur chemin. Elles passent devant la maison du charpentier, celle du mercier, dont on n'a plus de nouvelles depuis des mois – certains disent qu'il s'est caché quelque part. Elles croisent Mériadec, un Breton sympathique, cafetier ou coiffeur selon les heures, puis longent la charcuterie et la maison du maire. Des oies chaloupent devant la menuiserie.

Elles sont presque arrivées : le virage est en vue, avec la mare, l'abattoir du boucher et le petit chemin qui mène au concasseur de pierres. Encore deux portes et Alice lève la tête pour saluer, collée à sa fenêtre du premier étage, une vieille dame nommée Tante Nonne. Petite, Alice allait parfois la voir : elle racontait l'ancien temps, les rois, les coutumes et les habits d'autrefois. Aujourd'hui, Tante Nonne est incapable de vous dire ce qu'elle a fait la veille. Mais elle se souvient tellement bien de son enfance qu'elle semble y être retournée. À sa fenêtre, on pourrait croire qu'elle observe le maçon qui repeint ses volets. La vérité, c'est que Tante Nonne scrute l'horizon : elle attend le retour de sa mère, morte cinquante ans plus tôt.

Le claquement du couteau

Lieu commun : l'Histoire est écrite par les vainqueurs. Elle est surtout écrite par les survivants. Peut-être Prosper était-il un homme bon. Manque de chance : ceux qui restent ne l'aimaient pas. Les grenouilles de bénitier excommunient l'impie qu'on ne voyait jamais à la messe. Les pères-la-pudeur s'indignent du comportement de celui qui cocufiait sa femme au vu et au su de tous. Les plus indulgents relèvent qu'il souffre de la comparaison avec son frère, « une crème d'homme ». Mais il n'y a pas que ça.

Il faut écouter, entre deux borborygmes d'infirmes, les vieillards se souvenir avec colère de ce maître-charretier. C'est une colère du fond des âges. Ils avaient quinze ans et la peau sur les os. Ils suaient toute la moisson à hisser des bottes de paille sur les voitures avant de les décharger à la ferme pour y constituer de gigantesques meules. Un travail harassant. Encore une tournée, exigeait Prosper, encore une tournée, alors que c'était l'heure de manger. Prosper et ses hommes attaquaient tranquillement le déjeuner. Quand enfin les jeunes arrivaient, épuisés et affamés, Prosper mastiquait ses dernières miettes et refermait son couteau. À ce signal, tout le monde se relevait, c'était la règle. Les jeunes n'avaient rien eu le temps d'avaler, mais pas question de protester. La vaillance des hommes mûrs était préservée.

Soixante-quinze ans après, ces vieux messieurs, qui pourtant en ont vu d'autres, entendent encore le claquement sadique du couteau.

L'omnibus de 18 h 23

Prosper ne s'appelait pas Prosper. Après des mois de valse-hésitation, j'ai changé son prénom. Bien sûr, me disais-je, il est mort depuis longtemps. Tout comme sa veuve, son frère, sa belle-sœur, ses amis, ses voisins. Oui mais. Les générations suivantes. Si elles avaient jusque-là échappé à une vérité désagréable, qui étais-je pour la leur imposer ? Je ne suis pas un justicier. Ce livre n'est pas un procès. Je n'ai pas entrepris ce travail pour réveiller des haines souterraines ni déclencher des vendettas téléphoniques entre vieillards beaucerons. Plutôt que de prendre le risque d'envoyer un village entier aux urgences, autant modifier quelques noms.

Un soir, à bord du TER de 18 h 23, j'ai repensé à cette question. En regardant s'agiter les plis parfaitement réguliers des rideaux verts de la rame, je me suis dit que le fait d'imaginer des conséquences dramatiques était le signe indubitable que je projetais sur ces viols mon propre regard – nécessairement anachronique.

J'avais pourtant résolu de ne pas juger les protagonistes de cette affaire. J'avais tenté de les comprendre. J'avais essayé de me mettre à leur place tout en sachant bien que c'était impossible. Mais si je redoutais des réactions négatives, c'est que je restais empêtré dans les valeurs, les normes, les perceptions, la morale de mon époque.

Par la fenêtre, je voyais défiler les 900 piliers du rail de l'aérotrain, ce rêve d'ingénieur avorté, ce véhicule sur coussin d'air conçu pour relier Paris à Orléans en quinze minutes, dont le viaduc de béton qui surplombe tristement la plaine est devenu un palimpseste de slogans hostiles. Leurs cibles sont souvent des sigles : IVG, PMA, GPA. Pour le voyageur embarqué dans une histoire qui interroge la filiation et la maîtrise du corps des femmes, le clin d'œil est pour le moins ironique…

Sur des dizaines d'autres piliers, sans doute pour préparer le terrain à de nouvelles inscriptions, des peintres anonymes, d'un coup de rouleau, avaient effacé les dernières couches de graffiti. Pas de travail inutile : ils avaient laissé les « Non à », donnant naissance, sur plusieurs kilomètres, à un texte à trous saugrenu.

Devant ce gigantesque bégaiement, je me remémorais certains entretiens réalisés dans le cadre de cette enquête, et la tension qui m'habitait alors. Soit je ne livrais rien de moi et j'affichais une forme de neutralité embarrassée. Soit je me contorsionnais et j'expliquais que je ne voulais pas juger ces hommes.

Sauf que cela sous-entendait un effort, et c'était une manière, en creux, de les peindre en salauds…

J'ai mis un temps fou avant de trouver la bonne distance. Le problème, notai-je dans le carnet rouge qui me servait à organiser mes idées, c'est que les gens qui vont découvrir cette histoire ne disposeront pas du temps dont j'ai bénéficié. Ils se la prendront de plein fouet. Eux aussi jugeront les personnages ici et maintenant. À l'aune de critères contemporains.

Puis il y eut des hangars, des silos, des cheminées, des éoliennes, des bois et, peu après Guillerval, bercé par le roulement du train, je me suis assoupi. Quelques mois plus tard, en recherchant un détail dans ce carnet, je suis tombé sur les notes prises pendant ce trajet. Je me suis mis à les déchiffrer. Au bas d'une page, deux petits paquets de hiéroglyphes tracés au feutre bleu ont résisté plus longtemps que les autres. Ils disaient : on n'est pas là pour emmerder les morts.

Le poêle d'Olga

À Loigny-la-Bataille, une vache et deux lopins de terre font vivoter la famille d'Olga. Si, à l'occasion d'une première communion, un villageois lui propose, contre un petit pécule, de cuisiner et de faire le service, Olga accepte sans hésiter. Le reste du temps, elle se convainc qu'on peut vivre avec trois fois rien et change les pansements de son mari. Ses gestes remplis d'abnégation sont devenus des automatismes, comme la bûchette glissée dans le poêle ou la bassine d'épluchures jetée dans le tas de fumier : elle n'y pense même plus.

Joseph, elle le voit bien, est de plus en plus faible. Mais il bande encore. Vingt ans après la naissance d'Étienne, Olga se retrouve à nouveau enceinte. On ignore si cette nouvelle la réjouit. Toujours est-il qu'elle se fait à cette idée. La vie vous réserve parfois de ces surprises… Olga met au monde une petite fille, Gisèle, qui ne grandit pas comme son frère et sa sœur. Au fil des ans, Olga constate que Gisèle est incapable de se débrouiller seule ou de parler correctement : sa fille est « drôle », dit-elle. Elle ne veut pas qu'on la voie dehors.

Dès cette époque, on dit : « la pauvre Olga ». On loue son courage, on a pitié d'elle, avec sa fille handicapée et son grand fils qui n'arrive pas à se lancer dans la vie. Et pourtant elle n'est pas au bout de ses peines.

En 1957, Gisèle meurt, à 13 ans. Pour sa mère, c'est le début d'un deuil perpétuel.

Un matin de janvier 1958, Étienne ne vient pas boire son bol de café. Il n'est pas dans son lit. Il n'est pas dans la cour. Il n'est pas dans le champ. Le garde-champêtre le retrouve inanimé sur la route de Cormainville, étendu à côté de sa mobylette. Les voisins croient se souvenir qu'il était allé voir une femme. Il avait 35 ans.

Entre 1960 et 1963, Olga perd deux de ses sœurs et sa belle-mère, la compagne de ses journées, qui a toujours été si gentille avec elle. En 1967, elle enterre Joseph, son mari, puis, au cours de la décennie suivante, ses trois dernières sœurs. À chaque fois, elle essuie ses larmes dans des mouchoirs vert émeraude.

Même quand elle n'a plus l'excuse de devoir veiller sur ses enfants, son mari, sa belle-mère, Olga reste cloîtrée chez elle, collée à son poêle. Non qu'elle se désintéresse de ce qui se passe dans le voisinage : elle guette les avis de décès dans le journal et, lorsqu'une voisine lui rend visite, elle se montre avide des derniers potins. Mais elle ne parle jamais d'elle : tout est trop douloureux.

Quand les enfants de chœur frappent à sa porte pour les Pâquerets, elle les accueille avec gentillesse, sort de son buffet une boîte à biscuits et distribue les pièces jaunes qu'elle y a accumulées. Mais on ne la voit jamais aux kermesses ou aux festivités du 14 Juillet. Pas question de sortir. Et pas question de s'amuser. C'est peut-être de la décence. C'est aussi une excellente manière de couver la douleur, de s'assurer qu'elle continuera à bouillir en soi. C'est empêcher l'avenir de se frayer un chemin.

Avec la fille qui lui reste, Geneviève, et les trois petits-enfants qu'elle lui a donnés, Olga refuse de fêter Noël ou les anniversaires, surtout le sien, surtout celui du bal. Elle dit qu'il y a eu bien trop de drames.

L'offense faite à Jean

Galantine de volaille truffée, langouste en belle-vue, sole belle meunière, pigeonneau sur canapé, petits pois à la française et pommes panachées, salade, plateau de fromages, pièce montée. Pour le mariage de sa fille Marcelle, Louloute, dont tout le monde a oublié qu'elle s'appelait Henriette, a vu les choses en grand. Elle a réservé dans un restaurant chic d'Orléans, service en gants blancs et couverts en argent. Pour y conduire la noce, elle a loué, au départ de Gidy, un autocar avec chauffeur. Mais en lançant les invitations, elle fixe sa belle-sœur Alice dans les yeux : « J'invite pas Jean, c'est pas un Deslandes. »

Jean est adulte, il est marié, père de deux enfants : il s'en remettra. Mais personne n'oubliera. C'est la seule manifestation d'hostilité dont la mémoire familiale ait conservé la trace. Tant que René, le mari d'Alice, était vivant, personne n'avait jamais osé renvoyer Jean à sa bâtardise. Si d'aventure quelqu'un y faisait allusion, on lui répondait que « les gosses n'y sont pour rien » et la discussion tournait court.

Avec ses nœuds en tulle et sa coiffure de vedette, Louloute, la sœur de René, a osé. Est-ce une manière de désamorcer la violence de cet affront ? Le récit de cet épisode est systématiquement suivi d'un portrait peu flatteur de Louloute : « un sacré numéro », « une Marie-couche-toi-là » qui, dit-on, a profité des désordres de la guerre pour faire interner son mari dans un établissement psychiatrique et s'adonner à sa passion – la fréquentation des hommes riches.

Les mots d'Aimée

Pas de jaloux : Sougy aussi a sa femme fatale. Lasse d'être trompée par Prosper, ou inspirée par ses incessantes incartades, son épouse Aimée se lance du jour au lendemain dans une carrière de croqueuse d'hommes. On dit qu'elle raffole des jeunes, en particulier ceux que son maître-charretier de mari prend plaisir à humilier. On dit qu'elle ne se fait pas prier pour les initier. On dit qu'elle est douée. On dit qu'elle fait des choses dont leurs mères et leurs fiancées ignorent jusqu'à l'existence.

Ils connaissent le code : lorsqu'elle achève ses courses, bonne ménagère, ils peuvent lui proposer de l'aider à porter son panier. Si elle accepte, c'est gagné. Sur des petits carrés de papier, elle les invite à dessiner ou écrire ce qu'ils veulent faire avec elle. C'est souvent très confus, mais ça lui fait des souvenirs, qu'elle cache entre les pierres, au hasard des interstices des murs de la grange.

Un soir, Prosper découvre cette collection de mots crus et d'images affriolantes. Il les change de cachette, triomphant : il croit avoir trouvé un moyen de tenir sa femme, de faire pression sur elle, de la faire chanter s'il le faut. Mais Aimée n'en a cure. Et cette souveraine indifférence stupéfie Prosper : sa femme est plus forte encore que ce qu'il avait imaginé.

Bientôt, Prosper et Aimée constituent le couple le plus scandaleux du bourg de Sougy. Son mari a beau la corriger, et encore, et encore, elle est incapable de s'arrêter. Pire : des hommes qui passent, il lui arrive d'en suivre. Elle fugue quelques jours avec eux, rêve d'une autre vie dans un hameau voisin. Elle se dit que les enfants sont grands maintenant, et qu'elle est jeune encore. Elle revient, Prosper crie, Prosper cogne. Quelques mois plus tard, elle repart, c'est plus fort qu'elle.

Arrive l'impensable : Prosper devient un homme respectable aux yeux du village. Pourtant il ne s'arrange pas, bien au contraire, mais les gens sont comme ça. À force de suivre ses désirs, Aimée attire, tel un paratonnerre, toute la réprobation sociale.

Faire-part

Chaque jour, vers 9 heures, une voisine d'Alice frappe au carreau. Alice ouvre la fenêtre et propose à sa voisine d'entrer prendre un café. Invariablement, elle décline cette proposition : elle n'a pas le temps. Oui, c'est ce qu'elle dit toujours, mais c'est vrai, insiste-t-elle. Et de dérouler le programme de sa journée, le ménage, les courses à faire, la jupe à repriser, et puis la poule qui ne pond plus, c'est bien du souci, alors non, vraiment, le café, demain peut-être, on verra bien. Les deux septuagénaires restent donc debout, de part et d'autre de la fenêtre. Suit, en vingt autres minutes, un compte-rendu détaillé des petits événements qui ont constitué la vie du village au cours des dernières vingt-quatre heures. À un moment, la voisine dit « Bon, je dois y aller » et tend à Alice, qui l'a écoutée sans rien dire, le journal de la veille.

Alice pourrait s'abonner mais les nouvelles, ce n'est pas à un jour près. Mardi 3 octobre 1972, elle parcourt donc quelques articles de la veille. Ses yeux s'arrêtent sur une photo de la dernière tournée du dernier « frappeur de portes ». Elle découvre ce métier qui, indique la légende, « remonte au temps où les mineurs ne pouvaient s'offrir le luxe d'un réveille-matin et faisaient appel à un frappeur qui, chaque jour, donnait quelques coups contre leurs portes avec une longue perche ».

Le lendemain, il fait plus frais, la voisine a enfilé un troisième gilet sur les deux exemplaires qu'elle a l'habitude de porter. Après son passage, Alice commence sa lecture du journal par l'éphéméride de la dernière page. Elle lit la vie du saint du jour, Gérard, et la rubrique « Rions un peu » : « Quelle surprise, Mac ! Ton frère vient de me dire que tu allais épouser Verena. Depuis le temps que ça traîne, je pensais que ça ne se ferait jamais.

— Tu sais, je n'étais pas très chaud pour ce mariage.

— Alors pourquoi as-tu dit oui ?

— Verena avait tellement grossi qu'elle ne pouvait pas me rendre la bague de fiançailles. »

Elle a dû s'y prendre à deux fois pour la lire, à cause de ces prénoms bizarres, mais la blague lui arrache un sourire. Arrivée aux avis d'obsèques, elle tombe sur le nom de Prosper, « décédé le 30 septembre, dans sa 74e année ». Le faire-part est signé de ses enfants, ses petits-enfants, ses frères et sœurs « et de toute la famille ». Mais pas de sa femme.

Un jour, Aimée est partie, comme souvent. C'est quand le placard à conserves s'est retrouvé vide que

Prosper a réalisé que son absence durait plus longtemps que d'habitude.

Aimée n'est jamais revenue. Et dans sa tombe du petit cimetière de Sougy, elle a veillé à ce que Prosper soit seul pour l'éternité.

Quand une femme dit non

« Badigeonner les escalopes avec la moutarde. Placer dessus la tranche de bacon, puis celle de gruyère. Tasser le tout avec le plat de la main. Donner un tour de ficelle pour que l'ensemble ne bouge pas à la cuisson… » Ce jeudi 4 mai 1978, Alice étudie dans le journal de la veille la recette des escalopes fourrées au gruyère. Elle a parcouru rapidement les articles consacrés aux préparatifs des fêtes johanniques, organisées depuis cinq siècles à Orléans. Elle a sauté la page 3, celle des programmes de cinéma, où *Un taxi mauve*, programmé salle Gérard-Philipe, voisine en toute décontraction avec *Suce-moi salope*, un film classé X, joué au Rio.

Elle lit qu'une jeune femme a été « enlevée et violée » par trois individus à Lyon. Dans cette même ville, une autre jeune femme « a été suivie par un homme qui est entré de force dans son appartement et l'a contrainte à se soumettre à ses volontés ». Le journal précise qu'à Aix-en-Provence se tient un procès au « climat passionné » : on y juge « des hommes ordinaires », accusés d'avoir violé deux femmes belges, et l'on manifeste à l'extérieur du tribunal. Il est aussi question d'une jeune lycéenne algérienne de Soissons qui s'est suicidée en absorbant un mélange de barbituriques et d'eau de Javel après avoir été violée. Elle avait eu le courage de porter plainte contre son agresseur, « un Portugais de 20 ans ». Simplement inculpé d'attentat à la pudeur avec violences, il était revenu narguer la jeune fille.

Des viols, des viols, des viols : Alice trouve que les journaux ne parlent que de ça. De son temps, on n'en faisait pas toute une histoire.

À Loigny-la-Bataille, Olga dispose déjà de l'édition du jour. *La Nouvelle République du Centre-Ouest*, qui propose un patron de tricot – un « gilet à rayures fantaisie pour réchauffer les robes légères » –, titre sur le verdict du procès d'Aix : « Les jurés moins sévères que l'avocat général : six ans de réclusion pour le meneur, quatre ans de prison pour ses deux complices ». Dans l'article, plusieurs citations apparaissent en gras. La première est peut-être la plus forte : « En tant que médecin, ancien résistant, déporté et torturé, j'affirme que ces femmes ont été torturées et brisées pour la vie. » Plus loin, il y a cette question de Gilbert Collard, l'un des avocats des accusés : « Au nom de l'exemplarité, ne va-t-on pas commettre une injustice ? Depuis quatre ans, on prépare ce procès par une campagne intensive contre le viol. » Le journal précise aussi que Gisèle Halimi, l'avocate d'Anne Tonglet et d'Araceli Castellano, les deux jeunes Belges, a prononcé une « vibrante plaidoirie » sur le thème – le mot est entre guillemets – du « consentement ».

Les yeux d'Olga reviennent à la première citation. Torturées. Brisées. Pour la vie. Évidemment, ça n'a rien à voir avec ce qui lui est arrivé cinquante ans plus tôt. Comment pourrait-elle s'identifier ? Et puis ces féministes, franchement, elles n'ont rien d'autre à faire ?

Dans son compte-rendu du « Procès du viol », le journal concurrent, *La République du Centre*, met en avant une autre phrase : « Quand une femme dit non, il faut désormais que l'on comprenne que c'est non et que ce n'est pas oui. » Elle est de Gisèle Halimi.

L'ombre de Loigny

Olga a de plus en plus mal aux jambes mais ce n'est pas à son âge qu'elle va commencer à fréquenter les docteurs. Dans les années 1980, malgré sa vue qui baisse, elle fait du canevas en attendant la mort. Mais ce n'est jamais son heure. La route ravit deux des enfants de Geneviève, la seule fille qui lui reste. Elle se lamente, un peu, « Qu'est-ce que j'ai pu faire au bon Dieu ? », et Geneviève meurt à son tour.

Olga passe ses dernières années dans le noir. Elle a refusé d'être opérée de la cataracte ; maintenant elle ne voit plus rien. Elle tombe de son lit, se cogne. Les voisines se sont transmis le code : si, à 9 heures, le volet d'Olga n'est pas ouvert, c'est qu'il s'est passé quelque chose. Elles font mine de ne pas prêter attention à l'état de plus en plus délabré de la maison. Elles ne savent pas à quoi pense Olga, qui est là sans être là. Quand enfin la mort l'emporte, la nuit de Noël 1995, tout le monde considère que « c'est mieux comme ça ».

À Loigny-la-Bataille, 9000 hommes ont été tués, au cours de combats enragés, le 2 décembre 1870.

Un monument rend hommage aux « défenseurs » qui, « sous les ordres du commandant de Fouchier, soutinrent cinq heures durant une lutte héroïque contre une brigade allemande ». Juste à côté, une autre colonne est dressée en l'honneur des hommes de Loigny morts pour la France. À droite de ces deux monuments, il y a une fenêtre. Dans l'encadrement de cette fenêtre, il y avait une vieille dame en noir. Cette silhouette, très droite malgré son âge, les mains enfoncées dans les poches de sa blouse, c'est l'impression le plus tenace qui reste d'Olga au village. Une femme vivant avec ses morts dans un village-mémorial.

Un village sans histoire

Aucun doute, c'était bien cette maison, au bout de la rue de la Croix-Saint-Jacques. Du crépi clair, des volets en bois, des tuiles mécaniques et, pour soutenir le portail, deux piliers de briques. Je l'avais repérée en regardant un épisode de « Faites entrer l'accusé », celui consacré aux « Amants maudits ». C'était une affaire de bonne tenue. Elle n'avait certes pas trouvé sa place au cours des premières saisons de l'émission, accaparées par des histoires au retentissement médiatique bien plus important. Il avait fallu raconter le petit Grégory et la Josacine empoisonnée, Omar Raddad et le pull-over rouge, l'enlèvement du baron Empain et Patrick Henry. Il avait fallu faire un sort au gang des postiches, à Marc Dutroux et Francis Heaulme, à Guy Georges et Émile Louis…

Et puis, à la sixième saison – celle des assassinats de Pierre Goldman et de Yann Piat –, Christophe Hondelatte et sa veste en cuir avaient fait un crochet par Sougy, ce « petit village » où, en 1998, le major Jean-Paul Zawadzki, un colosse plein de vie, succomba en quelques semaines à une curieuse maladie.

Sa femme, pourtant, le soigna tant et plus. Elle fit venir à de multiples reprises leur médecin de famille, le bon docteur Trouillard-Perrot. Rien n'y fit.

Curiosité : quelques semaines seulement après l'enterrement, voici que la veuve, Nicole Zawadzki, remeuble la maison et s'offre une voiture de luxe. Dès lors, nous dit Christophe Hondelatte, « ça jase au village, où l'on croit de moins en moins à une mort naturelle ». Des soupçons fondés, puisque les enquêteurs découvriront qu'en fait de traitements, l'épouse et le médecin, qui étaient amants, avaient empoisonné le militaire de 39 ans. Pour un amateur de faits divers, la personnalité de Nicole Zawadzki – mythomane, perverse, manipulatrice – est absolument fascinante. Pour ses anciens voisins aussi.

Vingt ans après les faits, douze ans après la diffusion de cette émission, le pavillon des Zawadzki a enfin été vendu. Mais à en croire les Sougyciens, le crime dont il a été le théâtre reste, à ce jour, le dernier événement marquant qu'ait connu la commune.

D'autres faits divers l'ont précédé, dont quelques octogénaires du village conservent le souvenir, entre deux incendies et trois accidents de la route épouvantables : « un monsieur dont l'épouse était tombée dans un puits a tué ses deux gosses dans leur lit » ; « un père et ses deux fils se sont pendus tous les trois, au même endroit, à quelques années d'intervalle » ; « un père de famille violait ses gamins, il a été dénoncé par sa propre sœur » ; « le boucher a donné un coup de couteau à un voisin »…

Au-delà, il faut s'en remettre aux archives. Le plus ancien homicide dont on ait la trace remonte à 1793. Jean Granger, un charretier de labour de 26 ans, « taille d'environ cinq pieds, figure ronde, cheveux sourcils et barbe noirs, manteau fourchu » selon le procès-verbal, a été retrouvé « un trou à la tête au bas du pariétal du côté droit, qui est provenu d'un coup de bâton qu'il a reçu, ce qui a été cause de sa mort, ayant le crâne crevé ». Mais l'enquête n'avait rien donné.

Le meurtre d'Amédée Échard, lui, date de 1919. C'était un oncle d'Alice. Les participants au bal d'août 1922 en ont forcément entendu parler. Un soir de décembre, dans une ferme isolée, ce chauffeur de machine à battre de 65 ans, surnommé Médée, a été tué par un inconnu, René Houy. Ce « frêle » journalier de 19 ans, qui se trouvait « dans un état voisin d'ébriété », est reparti avec la montre et la pipe du défunt, plus 10 francs trouvés dans son porte-monnaie. Aux assises du Loiret, au printemps suivant, le président s'adresse au jeune homme, qui reconnaît les faits : « On a relevé sur le visage de votre victime des contusions si profondes que le médecin-légiste en a conclu qu'elles avaient été faites avec un couteau ou une pierre. » Réponse de l'accusé : « Non monsieur, c'est avec mon poing… » Et le chroniqueur du *Journal du Loiret* de noter : « Les mains de Houy – vivantes pièces à conviction – s'étalent sur la barre du box des accusés. Il suffit de les regarder pour reconnaître qu'en effet elles ont pu faire l'office d'une massue. » Houy sera condamné à vingt ans de travaux forcés.

Contrairement à Loigny-la-Bataille, par exemple, Sougy n'est pas un village voué à la mémoire. La commune n'est pas garnie de plaques commémoratives, rien de particulier n'est fait pour attirer les visiteurs nostalgiques ou les amateurs de patrimoine. Au fond, elle se perçoit comme un lieu où ce qui se passe n'a guère d'importance et ne mérite pas d'être conservé, transmis, remémoré. Sougy se vit comme un village sans histoire(s).

Ce n'est pas un problème en soi. Cela peut même constituer une force, si l'on considère que c'est une manière d'être tourné vers l'avenir. Mais pour ceux qui vouent un culte au passé, évidemment, c'est frustrant. Prenez Julien Parou, 79 ans. Exploitant agricole à la retraite, il est passionné d'histoire – tendance Alain Decaux et Max Gallo, dont les œuvres coiffent l'une de ses armoires. Aux murs, sont accrochées des assiettes à l'effigie des grands hommes du XIXe siècle. Dans l'entrée, une autre collection de vaisselle décorative retrace les riches heures de l'empire. « Je suis très Napoléon », commente le retraité.

Il l'est tellement qu'il a cherché s'il n'avait pas une connexion avec Bonaparte. C'est humain. Qui ne s'est pas senti gonflé d'importance, ne serait-ce qu'un instant, en découvrant qu'un de ses aïeux avait été aide de camp d'un général, serviteur d'un duc ou lingère de la dame de compagnie d'une reine ? Un peu plus et ils finissaient dans un manuel scolaire…

Julien Parou a presque un lien avec Napoléon Ier : il est à trois degrés de séparation de son neveu, Napoléon III. La maison de sa grand-mère, au hameau de Beaugency-le-Cuit, avait appartenu à Victorine Barrault, dont le nom est gravé sur le plus beau caveau du cimetière de Sougy. Longtemps, Julien Parou a cru la rumeur : Victorine aurait été une maîtresse de Napoléon-le-Petit. J'ai eu envie, moi aussi, de croire que la plus illustre des habitantes de ce village ait été une pécheresse, une femme qui couche et qu'on affuble des mêmes mots blessants que les filles qui, pour leur malheur, sont allées danser un soir d'été. Les indices que Julien Parou a récoltés l'ont finalement convaincu que mademoiselle Barrault avait peut-être été la nourrice de deux fils naturels de l'Empereur. Deux enfants venus de Paris n'ont-ils pas été présentés anonymement au baptême ? L'église de Sougy n'a-t-elle pas bénéficié, dans la foulée, de travaux dispendieux ? Victorine elle-même n'est-elle pas devenue riche ?

Parce qu'il aime beaucoup les plaques, Julien Parou en a fait poser une sur la maison de sa grand-mère : « Ici est née Victorine Barrault, 1827-1890, protégée de Napoléon III ». Sur la façade, une femme en robe à crinoline apparaît dans l'embrasure d'une fenêtre. Un trompe-l'œil pour se glisser dans l'Histoire.

Grand comme un mythe

Marie, la bonne du pharmacien, a eu quatre enfants. Le petit dernier, que tout le monde surnomme Titi, est encore vivant. Il a 87 ans et vit dans un village de Haute-Marne. À entendre ce retraité de chez Citroën, ce qu'il faut retenir de l'histoire de sa mère, morte en 1978, c'est qu'elle « s'en est sortie ».

Elle a quitté la campagne pour la banlieue parisienne, a fait vivre sa famille du côté de Tremblay-lès-Gonesse et « a fini » à Paris dans une habitation à bon marché, boulevard Ney. Il raconte qu'elle a travaillé dans divers hôpitaux de la capitale, d'abord affectée à des tâches d'entretien, puis dans l'administration, et qu'elle « a fini », à l'hôpital Claude-Bernard, « quasi-infirmière ».

Titi n'a jamais parlé avec sa mère de sa vie de femme. Il ignore si sa grand-mère Adélaïde a d'abord eu un mouvement de rejet quand Marie est tombée enceinte la première fois mais il fait valoir que « si c'est arrivé, ça a fini par passer puisque ma mère a pris sa mère avec elle ». Il dit que ni son frère Jacques ni lui n'ont jamais vraiment cherché à savoir qui était leur père : « C'était comme ça, on n'en parlait pas. » Inutile de se poser des questions auxquelles on n'aura pas de réponses.

La sœur aînée de Titi, Paulette, a voulu savoir. C'est ce qu'affirme Thierry, le plus jeune fils de cette dernière. À 66 ans, cet ancien instituteur en banlieue rouge reste habité par la colère. Il assure que Paulette a interrogé sa mère, qui s'est murée dans le silence. Thierry fait un portrait douloureux de sa grand-mère : « Elle était acariâtre de façon constante et permanente. Le fait qu'elle ait été fille-mère a déclenché chez elle des relations très agressives et des silences insupportables. »

Année après année, sur les photos de classe, la carrure de Thierry s'est élargie, ses cheveux ont colonisé sa nuque puis ses épaules, les cols pelle à tarte ont été remplacés par des T-shirts. Mais dans la tête de l'enseignant, le mystérieux géniteur de sa mère est devenu grand comme un mythe. Il dit : « Je crois avoir su à un moment que mon vrai grand-père aurait été un médecin de l'hôpital. » C'est la théorie à laquelle il s'accroche, celle qui lui semble la plus acceptable. La plus logique aussi : l'extraction paysanne, ça ne colle pas. Il insiste : « Ma mère était une très belle femme. On pouvait pas voir ses origines sociales sur elle. » Oui, un grand médecin, ça lui irait bien. Il se demande même s'il n'a pas entendu dire qu'il s'agirait d'un médecin de Montauban... « Mais même si je retrouvais des descendants, ils pourraient pas confirmer que leur grand-père avait sauté une nana de 20 ans et l'avait laissée. Y a pas moyen de savoir, c'est très énervant. »

Thierry s'en veut. Il sait que Paulette, sa mère, ne savait rien. Et en même temps, il se dit que s'il n'était pas resté si longtemps éloigné d'elle à cause d'une brouille stupide, s'il n'avait pas attendu que la maladie d'Alzheimer grignote ses souvenirs, il aurait peut-être fini par découvrir un indice.

Il sait si peu de choses de sa propre histoire… Et pourtant, de tous les descendants de Marie, il est le plus curieux du passé familial, le plus actif sur les forums généalogiques. Les seuls souvenirs de jeunesse que sa mère lui ait racontés sont heureux : ce sont les baignades dans le canal de l'Ourcq, au Vert-Galant. Entre deux passages de péniche, des gamins des environs, parmi lesquels certains possédaient un costume de bain, se jetaient à l'eau et barbotaient pendant des heures. En amont et en aval, le canal s'étendait à perte de vue, encadré par deux rangées de peupliers, à l'ombre desquelles s'élevaient des fours à plâtre, des minoteries, des briqueteries, des abris de pêche et même quelques guinguettes où, quand ils seraient plus grands, ils iraient se payer du bon temps, on verrait ce qu'on verrait. Quand, au déclin du jour, ils s'ébrouaient sur le chemin de halage, garçons et filles étaient fourbus et délassés. Ils s'étaient offert quelques heures d'enfance.

Pour le reste, les jeunes années de Paulette tiennent en un adverbe et un adjectif : « très difficiles ». Elle n'a jamais jugé utile de s'étendre sur le sujet. Elle n'était pas du genre à s'apitoyer sur son sort, et elle avait sa vie à construire.

D'un souffle, Thierry déroule le CV maternel : « Ma mère a été domestique, femme de ménage chez des particuliers, ensuite elle a fait le ménage dans des écoles, et puis après avoir suivi le cours Pigier elle est devenue employée de bureau puis commerciale dans des entreprises. Elle a failli devenir directrice commerciale. » Voilà pour la carrière.

En matière d'hommes, Paulette a jeté son dévolu sur Jacques. Il était aide-soignant. « Mes copains avaient un père boucher ou policier, moi j'avais un père infirmière », résume Thierry avec amertume. « Les mères de mes copains étaient à la maison, la mienne bossait. Ma mère avait le permis de conduire, mon père ne l'avait pas. »

On ne peut pas s'empêcher de penser que Paulette a retenu les deux leçons de Marie : la nécessité de s'en sortir par le travail ; ne rien attendre des hommes.

Mais aux yeux de Thierry, tout cela importe peu. Il n'en peut plus de « cette famille où personne raconte rien » ; il crève de savoir qui était son « vrai grand-père » ; il trouve insupportable d'être soumis à un secret : « C'est mes origines, quand même ! »

Un jour, je finis par lui demander s'il pense que Paulette a été conçue au cours d'une relation consentie. Thierry se racle la gorge. « Consentie ? Pas consentie ? Vous voulez dire un viol ? Je me suis jamais posé la question. » Il réfléchit un moment puis reprend : « Est-ce qu'elle s'est fait avoir ? Je me suis jamais posé la question. »

Thierry n'a jamais entendu parler du bal de Sougy.

Simone

Il m'est arrivé de soupçonner Simone d'inventer des histoires pour que je continue à venir la voir.

En général, j'arrivais chez elle en début d'après-midi. Elle somnolait devant une émission de témoignages et j'en attrapais quelques bribes avant qu'elle éteigne la télé : éprise d'un voyou, une femme avait vécu en cavale pendant douze ans ; une autre avait décidé de faire un enfant avec un ami d'enfance ; une troisième avait renoué, au bout de quarante années, avec son premier amoureux ; une quatrième avait vu son fiancé tomber dans le coma le jour de leur mariage. La vie, quoi.

Simone savait ménager ses effets, ouvrir un tiroir, en sortir un porte-monnaie, débloquer le fermoir et déplier une coupure de presse jaunie qui livrait une clé – un nom, une date – qui me manquait. Parfois, elle avait aimanté un pense-bête sur le côté de son réfrigérateur, dans la cuisine où elle m'offrait le café. Je retirais moi-même la tasse de sa Senseo, elle tremblait vraiment trop et craignait de tout renverser.

J'ai fini par comprendre que si ma grand-tante trouvait toujours de nouveaux éléments à me raconter, c'est parce que cette histoire la travaillait. Elle ne s'était pas contentée de transmettre des souvenirs ou de livrer des pièces essentielles du puzzle qui m'occupait. Interroger cette mémoire, c'était aussi pour elle l'occasion de relire son propre parcours, sa vie de couple, le sort des femmes de sa génération.

Nous échangions depuis plusieurs mois, déjà, quand je l'ai entendue dire : « J'étais une femme soumise. Je m'en rends compte, maintenant. »

Dehors, les éoliennes s'affolaient, des camions remplis de betteraves sucrières passaient en trombe, un ciel blanchâtre tombait sur la plaine, les cours sableuses des fermes peinaient à absorber les flaques d'eau. Calée dans son fauteuil, tout près du petit poste Brandt qui lui réjouit le cœur le matin quand Radio Vag, la station locale, diffuse de l'accordéon – surtout s'il est manié par Charles Cassonnet –, Simone avait songé à sa jeunesse : jamais personne ne lui avait demandé quel métier elle voudrait faire. À la fin de la guerre, quand la vie avait repris, on l'avait envoyée faire le ménage, le repassage, les repas « et tout le reste » chez un bourgeois d'Orléans, un radiologue.

Elle avait pensé à son mariage, encore mineure : « C'est ridicule de se marier à 19 ans. À 20 ans j'avais un enfant. À 21 ans j'en avais deux. Et ainsi de suite. Non mais tu te rends compte ? Y avait pas de moyens [de contraception] comme maintenant, sinon le premier m'aurait suffi. Mais quand l'homme voulait, qu'est-ce que tu veux… » Oh, elle n'était pas la seule à s'être pliée aux règles des hommes, relativisait-elle, elles étaient presque toutes comme ça au village, d'ailleurs « on n'aurait jamais imaginé une femme au conseil municipal ».

Elle s'était revue en train d'assister son mari aux champs. Entre les années 50 et les années 80, le monde avait follement changé. Pas la manière que son époux avait eue de la diriger, de lui parler, de la rabrouer parfois : « J'étais son ouvrier. »

Quand il partait tirer le gibier avec ses copains, pas question pour elle d'aller voir sa sœur ou de faire des courses : il refusait que sa femme quitte la maison. Et parce que la confiance c'est bon pour les enfants de chœur, il vérifiait au retour le compteur de la voiture qu'il avait pris soin de relever en partant. « Pourtant, même dans ma génération, les femmes bougeaient, sortaient seules. Mais je m'étais habituée, c'était comme ça. »

Simone avait songé à tout cela et avait tiré cette conclusion : elle avait été une femme de son temps et de son milieu, mais particulièrement soumise. Une femme dont on ne s'était jamais soucié du « consentement », ce vieux concept revivifié dans la foulée du mouvement #MeToo et que Simone avait mobilisé lors de notre toute première conversation, après l'enterrement qui nous avait réunis : « On parle beaucoup de consentement en ce moment, ben je peux te dire qu'elles étaient pas consentantes. » La modernité de ses termes m'avait marqué.

Quand on parle à des octogénaires, on anticipe toujours un léger décalage, on se prépare à expliquer les choses, comme avec des enfants. Avec Simone, point de tournures infantilisantes. Elle analysait le passé mais employait la phraséologie du moment. Un jour, j'avais failli en avaler mon café de travers, le mot « cougar » était ainsi sorti de sa bouche, fort à propos. Il faut dire qu'elle disposait d'un poste d'observation en or pour mesurer l'évolution du vocabulaire et des codes amoureux : devant elle, ses petits-enfants, des adolescents, parlaient très librement. Elle appelait un chat un chat et un viol, un viol. Mais c'était assez récent.

Pendant des décennies, au village, il n'y eut qu'une seule manière de parler du sort d'Alice, Olga et Marie. On disait : « Elles ont eu un enfant. » Peut-être était-ce accompagné d'un hochement de tête ou d'un regard entendu. Mais on savait ce que ça voulait dire : elles sont tombées enceintes hors mariage et n'ont pas trouvé, au cours des mois qui ont suivi, d'homme partant pour reconnaître leur bébé.

À quel moment la signification réelle de cette tournure s'est-elle perdue ? Nul ne saurait le dire aujourd'hui. Mais on conçoit aisément que les viols du bal de 1922 aient peu à peu disparu des mémoires puisque le code qui servait à les signifier – « Elles ont eu un enfant » – n'évoquait pour les générations suivantes rien d'autre qu'une information d'une absolue banalité : des femmes étaient devenues mères.

Une rasade de porto

« Tu mets pas le nom de Maman dans ton livre, hein. J'aurais l'impression de la trahir. » Simone revenait à la charge. « Pourquoi ? Alice n'a rien fait de mal… », lui avais-je opposé, la première fois. Simone avait concédé que oui, remarque, c'était vrai, et j'avais cru l'affaire réglée. Pas du tout. La mécanique du secret, dont elle avait bien voulu nous libérer, la hantait à nouveau. Imperceptiblement, elle revisitait aussi le souvenir des confidences qu'elle m'avait faites aux obsèques de ma grand-mère. Un an après cet entretien fondateur, entre le céleri rémoulade et le bœuf bourguignon, elle m'a expliqué qu'elle m'avait raconté l'histoire du bal, ce jour-là, parce que je l'avais prise au dépourvu et qu'elle n'avait pas pu se dérober. La fin de mon enquête approchait, elle le sentait, et elle se laissait gagner par la crainte. Elle se laissait intimider. Je ne voulais pas lui faire de peine ni de fausse promesse : je ne savais plus quoi lui répondre. Alors, en fin d'après-midi, j'ai convoqué un conseil de famille.

Au cimetière, chacun était à sa place. J'avais apporté des bonbons (parce que les fleurs c'est périssable). Et une fiole de porto (parce que le porto, pour ma grand-mère, c'était à la vie à la mort). Et aussi une baguette pas trop cuite (parce qu'en croisant, à Bricy, face à l'ancienne boulangerie, un distributeur automatique de pain, j'avais été pris de l'irrépressible envie de tester la machine).

Indifférents au vol noir des corbeaux, nous étions bien, heureux je crois de nous retrouver. C'était la première fois depuis mon baptême que nous étions tous réunis : nous avions du temps à rattraper.

Je sentais que les voisins, curieux, tendaient l'oreille : Maurice et Thérèse G., Gérard et Esther K., Marcel et Paulette G., Armand et Suzanne D. et, même, un peu plus loin, Joël et Jacky P., deux éternels jeunes gens, deux frères dont on a pris soin de préciser sur leur stèle qu'ils sont « décédés accidentellement », mais pas en même temps, à 20 et 23 ans. Paul et Yvonne P., eux, ne s'intéressaient pas à nous. Ils avaient toujours été sourds.

Les chrysanthèmes rouge et or frétillaient sous le vent. Au loin, l'antique mur du cimetière avait été abattu. Depuis que j'avais l'âge de fréquenter cet endroit, on en était à son quatrième agrandissement. Une chance : tout autour, il y avait des champs. Je repensais au cimetière de Sougy. Avant de se situer à son emplacement actuel, il était collé à l'église – qui, elle, a été littéralement inversée au XIXe siècle, le chœur mis dans la nef, le chevet dans le narthex et inversement, mais c'est une autre histoire – de sorte qu'à la fête du village, on dansait sur l'ancien cimetière. Et même si chaque tombe avait été consciencieusement relevée, je me demandais si, en août 1922, quelques vieux conservaient encore le souvenir des anciennes sépultures – celles où avaient été couchés leurs aïeux, dont il restait peut-être quelques particules sous les pieds des danseurs. Je me demandais si pour eux le bal tenait du sacrilège, d'une forme d'hommage, ou s'ils n'en avaient rien à faire.

Des nuages noirs se formaient. Les corbeaux continuaient à s'agiter. Pourtant ça ne sentait pas la mort. Ça sentait le vieux, le rance, le déshydraté. J'ai regardé autour de moi, sans comprendre d'où venait l'odeur. Je me suis penché vers les chrysanthèmes, j'ai porté le porto à mes narines. C'était autre chose. Il m'a fallu quelques instants pour réaliser que c'était moi. Même si, j'en avais le rappel sous les yeux, j'étais désormais plus âgé que ne le fut jamais mon père, même si mes cheveux blanchissaient çà et là, même si mon fils pensait que j'avais connu les dinosaures, ce n'était pas – pas encore – ma senteur habituelle. Mais à force de serrer des mains d'octogénaires, dont les poignets étaient tous équipés du même bracelet noir retenant le médaillon d'alarme de la Présence verte, cette téléassistance plébiscitée par les veufs, les veuves et les vieux célibataires, frêle béquille technologique qui les rassurait entre deux passages d'une aide à domicile et permettait de différer l'inévitable entrée en maison de retraite, à force de serrer leurs mains et de feuilleter leurs classeurs de souvenirs, à force de m'asseoir dans leurs cuisines aux murs ornés de canevas ou de calendriers périmés, j'avais fini par exhaler la même odeur qu'eux.

Face à mes morts, j'exposai la situation. Les progrès de l'enquête. L'appréhension de Simone. Et, pour finir, je leur demandai leur avis. Tendu, je guettais un signe de leur part. Je me demandais s'ils se concertaient. Pour me donner du courage et leur laisser le temps de la réflexion, je m'offris une rasade de porto. Ce n'était pas un grand porto mais il faisait l'affaire. Quelques notes de bergamote. Des arômes de fruits secs. Une flamme sucrée dans la gorge.

La nuit était tombée. L'heure du dîner approchait. J'essayai de me rappeler les goûts culinaires des uns et des autres. Des kilos de souvenirs de plats en sauce défilèrent, tous accompagnés, à un moment ou un autre, de celui d'une bouchée récalcitrante dont il faudrait pourtant venir à bout, peut-être avec un peu de sauce, de la mie de pain, trois haricots, un verre d'eau ? Il fallait mastiquer, encore et encore. Les prémolaires s'épuisaient, le dégoût rôdait, mais face à des gens qui n'ont jamais eu le luxe de laisser un bout de gras au bord de leur assiette, on avale, c'est comme ça.

Un osso bucco. Il me semblait qu'une cocotte d'osso bucco, cette sublimation des bas morceaux, pourrait ravir tous les convives. On coincerait dans notre encolure de grandes serviettes dont les taches, à la fin, diraient notre joie. Un osso bucco. Pourquoi est-ce que je n'en commanderais pas un, là, maintenant, sur Deliveroo ? La tête du livreur en arrivant au cimetière… Serait-il ému ? Serait-il effrayé ? Le réseau ramait mais je lançai l'appli. Un osso bucco. Ma baguette sous le bras, je m'en délectais d'avance. On n'a pas tous les jours l'occasion de sucer de la moelle dans un ossuaire.

S'il n'était pas trop pressé, le livreur pourrait peut-être se joindre au festin. On apprendrait qu'il s'appelle Axel. On découvrirait qu'avant de parcourir la campagne sur ce VTT noir, avantageusement doté d'un cadre en aluminium, de jantes à double paroi et de 24 vitesses, il avait appris à pédaler sur le vieux vélo de son père, qui lui criait « Accélère, accélère ! » dans les chemins de terre. Il se reverrait gamin et, attendri comme la chair du veau sous le bouquet garni, Axel avouerait qu'il ne s'appelle pas du tout Axel mais Florian. Axel, c'est son nom de scène (il est bassiste dans un petit groupe) – qu'il utilise aussi pour les livraisons –, un pseudonyme choisi en repensant aux cris d'encouragement de son père. Sa première bicyclette, raconterait Florian-Axel, avait traversé le siècle. Elle avait appartenu à son arrière-grand-père, qui était marchand de cycles dans les années 20. « À Sougy, préciserait-il en se léchant les doigts, un petit village tout près d'ici. » Convenez que le hasard fait drôlement bien les choses. Je repris une gorgée de porto pour fêter la vérité de ce lieu commun. « Nous sommes désolés, dit alors l'appli, nous ne livrons pas à cette adresse. Mais nous sommes en pleine expansion ! Pour voter pour votre région, entrez votre adresse e-mail. »

Dépité, j'ai dévoré la baguette. J'ai regardé l'heure : mes ascendants avaient largement eu le temps de délibérer. « Si quelqu'un s'oppose à ce livre… », ai-je murmuré dans une parodie de comédie romantique. Pour toute réponse, dans ce cimetière, on n'entendit rien d'autre qu'un silence de mort. Je pouvais continuer.

Les silences

« Dans la famille, on ne parlait pas. » C'est la phrase la plus entendue au cours de cette enquête. Et sur tous les tons. Tantôt cri du cœur, tantôt regret, tantôt explication. Variante dans les foyers où l'on couvrait le silence d'une logorrhée creuse ou de paroles inoffensives : « On ne disait rien. » Et pourtant, des bribes d'histoires ont traversé le siècle. Un tel miracle est rendu possible, m'a-t-on expliqué, parce que « dans les petits villages, tout se sait ».

« On ne dit rien » mais « tout se sait » : il faut faire avec ce paradoxe.

« Tout se sait » parce que, après les viols, la nuit du bal, « les gars s'en sont vantés, ils étaient tout fiers d'eux ». Ensuite, même si, dans les foyers concernés, on a tenté de garder secrètes certaines grossesses, des enfants sont nés, qu'il a bien fallu déclarer. Et quand des hommes, quelques années plus tard, se sont mariés avec des filles-mères, ils étaient bien conscients – tout comme leur famille, leurs amis, leurs voisins, autant dire la moitié du village – qu'ils n'étaient pas en train d'épouser une veuve ni d'adopter un orphelin.

Et personne ne se faisait d'illusion : s'il y avait eu un simple « accident » entre deux jeunes gens du même milieu qui flirtaient, si c'était juste « la faute à pas de chance », on se serait débrouillé pour organiser un mariage à la hâte, dissimulant autant que possible ce qui devait l'être. Donc tout le monde savait, parfois confusément, que ces enfants étaient le fruit d'une relation non consentie. Et pourtant, personne n'en parlait.

La première raison, celle qui a été formulée par tous ceux que j'ai pu interroger, c'est la honte. Simone, la fille d'Alice, dit : « Maman n'en a jamais parlé. Et Jean n'a jamais posé de question. Fallait pas parler de ces choses-là. C'était une honte. »

La deuxième raison tient à l'époque : sur l'échelle des souffrances, quand on traverse des guerres, quand on endure la famine, quand tout le monde meurt autour de vous – c'est l'histoire d'Olga –, le fait d'être tombée enceinte dans ces conditions n'est pas perçu comme un drame. Quand chaque minute de votre existence est consacrée à la survie, vous n'avez ni le temps ni l'envie de vous appesantir sur vos douleurs intimes. Ni sur quoi que ce soit d'ailleurs : « Il y a des familles où on parlait, mon grand-père était intarissable sur la guerre, par exemple. Mais la grand-mère de mon mari, Olga, ne parlait de rien. Elle ne parlait pas », souligne Reine, la dépositaire de la mémoire familiale.

Les filles de Sougy ont survécu au bal. Mais elles sont devenues mutiques.

Certes, il n'était pas commun de dire les choses aux enfants. Les idées de Françoise Dolto n'avaient pas encore infusé dans la société française. Quand son mari quittait pour quelques jours le sanatorium et rentrait chez lui, Alice n'expliquait pas à ses enfants qui était le monsieur qui leur rendait visite. Plusieurs d'entre eux pensaient qu'ils n'avaient pas de père. Quant à sa mort, personne ne prend la peine de la leur annoncer. Les enfants se souviennent : « On nous avait envoyés chez une voisine, Zoé Duvallet. À un moment, par la fenêtre, on voit passer un cheval qui tire une voiture et la voisine se met à pleurer : “Ah ! la pauvre femme. Ah ! ce pauvre René…” C'est comme ça qu'on a compris. Mais on ne nous a rien dit. C'est fou quand on y pense. »

Ils enviaient les copains qui avaient leurs deux parents à la maison : « Au moins, ils pouvaient se disputer. » À les entendre, le fait d'assister à une scène, pour les enfants, était une manière de s'informer. Ils n'en avaient pas tellement d'autres : ils avaient intériorisé le fait que leurs questions n'étaient pas les bienvenues. « Fallait pas faire de bruit, pas être exubérant », rappelle Reine, la veuve du petit-fils d'Olga.

Dans ces conditions, le plus simple est encore de ne pas trop s'interroger sur ce que l'on voit autour de soi. Pourtant, quand sur six enfants, cinq sont bâtis exactement sur le même modèle, et que celui qui les précède est très différent, il y aurait de quoi… Mais on est conditionné à ne pas se poser de questions.

On peut examiner par toutes les coutures un livret de famille depuis dix ans et être passé à côté de l'évidence. C'est Reine, encore, qui tombe des nues quand on l'amène à réaliser ce qu'implique la succession de certaines dates… Le silence est un puits qui engloutit tout.

La visite à Hubert

Dans les familles d'Alice, de Marie et d'Olga, les grossesses de 1922-1923 relèvent du tabou. Une tension les entoure, qui se transmet de génération en génération. Thierry, le petit-fils de Marie, témoigne de ce qui apparaissait chez sa grand-mère dès qu'on mettait le passé sur la table : un mélange de hargne et de silence obstiné. Une façon efficace de prévenir les interrogations. La mère de Thierry avait essayé de savoir qui était son père, en vain. À son tour, depuis cet échec, elle a toujours refusé d'aborder le sujet. Fermée comme ces Tupperware qu'elle entourait d'élastiques avant de les disposer sur la clayette de son frigo. Aucun risque de débordement.

Si le tabou est si fort, s'il y a un pacte tacite de silence, c'est aussi parce que tout le monde est concerné. De près ou de loin, tout le monde est mouillé. Pourquoi Mélina tient-elle tant à cacher la grossesse d'Alice, au point de l'enfermer ? Peut-être à cause d'un autre secret découvert en fouillant les registres d'état civil, un matin de juin, dans un coin de la salle des mariages de la mairie de Sougy :

Mélina est elle-même passée par là. Alice ne le sait pas, personne n'a mouchardé, mais sa mère a accouché de son fils aîné, Lucien, dix-huit mois avant de convoler en justes noces…

Au sein des générations qui précèdent celle d'Olga, Marie, Alice et Prosper, les registres d'état civil disent la banalité des naissances hors mariage. Ils disent aussi la méticulosité avec laquelle on les recensait dans une société obsédée par l'héritage, où familles et voisins pouvaient se déchirer pour « des histoires de champs ». Au cours des vingt dernières années du XIXe siècle, à Sougy, un peu plus de 10 % des enfants étaient nés d'une mère célibataire et d'un père « non dénommé ». Parmi ces filles-mères, plus de la moitié étaient encore mineures au début de leur grossesse. Quand elles accouchaient, elles avaient souvent 16 ou 17 ans. Je repère une couturière, deux journalières, une lingère, une cuisinière. Presque toutes les autres sont présentées comme domestiques ou « sans profession ». Il n'y a aucune illusion à se faire sur les circonstances dans lesquelles elles sont tombées enceintes. En août 1922, c'est un peu comme si le XIXe siècle était de retour.

Dans nos histoires, les briseuses de tabous – ce sont presque toujours des femmes – semblent animées par deux grands types de motivations. Il y a d'abord les altruistes, celles qui considèrent le secret comme une source de souffrance, et cherchent à délivrer les autres de ce boulet. C'est par exemple Sabine, la petite sœur d'Alice, qui dit la vérité à deux de ses nièces lorsqu'elles atteignent l'âge adulte. Puisqu'entre la mère et ses enfants, la vérité ne peut pas passer, elle prend des itinéraires bis. C'est une révélation doublée d'une mise en garde, un éveil de la méfiance, pour que le malheur ne se reproduise pas à la génération suivante.

Plus près de nous, Simone s'est convaincue de la nécessité de transmettre tout ce qu'elle sait parce qu'elle voit les dégâts du secret : une de ses propres filles refuse depuis quarante ans et avec une certaine obstination de dire à son enfant qui est son père. La grand-mère est immensément malheureuse pour sa petite-fille et pressent que le fait de parler délivre. Que la vérité rend libre.

L'autre type de briseuse de tabous est moins sympathique (mais ô combien plus romanesque !). Ces femmes ont elles-mêmes beaucoup de choses à se reprocher et attirent bruyamment l'attention sur les secrets des autres, les réduisent à la sidération en les démasquant publiquement, pour éviter d'avoir à s'expliquer sur leur propre histoire. Et si certaines choses remontent, elles pourront toujours dire que ce sont de mesquines inventions motivées par la vengeance… Personnage emblématique qui entre dans cette catégorie : la fameuse Louloute, qui refuse d'inviter Jean, le fils aîné d'Alice, au mariage de sa fille, au motif que « c'est pas un Deslandes ».

C'est délicat, la transmission d'un secret. Il faut être prêt à le recevoir. La fille de Jean, ma tante, avait plus de quarante ans quand un de ses oncles l'a prise à part, « lors d'une communion », pour lui dire que son père était un enfant naturel. Vingt-cinq ans après, elle en éprouve encore de la colère : « Je n'ai pas compris pourquoi il m'a dit cela en cette circonstance, dit-elle en fatiguant du bout de la fourchette la micro-salade d'une brasserie de gare. Cela m'a choquée. Si c'est vrai, je suppose que papa a dû en souffrir. Mais on n'en a jamais parlé. »

« Si c'est vrai », souligne-t-elle, et toute la douleur sourde de l'honneur bafoué lui bloque la poitrine.

On peut aussi s'arranger pour ne rien voir. Cela exige sans doute une certaine habileté, en tout cas la capacité de se concentrer suffisamment fort sur un rang de haricots du potager ou un rosier à tailler pour s'abstraire de la vie autour – mais c'est possible. Hubert y est très bien parvenu.

Hubert, c'est le plus jeune fils d'Alice, conçu lors d'une des « permissions » du sanatorium de René Deslandes, au début de l'année 1934. Orphelin de père à 4 ans, il a toujours vécu avec sa mère, excepté le temps de son service militaire, effectué en Algérie.

La visite à Hubert était source d'appréhension. Dans la famille, plus personne ne lui parle depuis qu'il a poursuivi sa propre sœur en justice pour la contraindre à murer des fenêtres qui donnaient sur son jardin. Vieux garçon quinquagénaire, il avait aussi eu le malheur, quelques années avant la mort d'Alice, de faire entrer dans la maison une femme rencontrée par la grâce des petites annonces, qui avait aussitôt suscité l'hostilité de ses beaux-frères et belles-sœurs. Devenue son épouse, elle avait apporté du changement à un ordre que l'on pensait immuable et s'était mise à « commander » Alice, transformée sur ses vieux jours en sorte de bonne à tout faire. (Il n'est toutefois pas impossible qu'elle eût accompli exactement les mêmes tâches avant et après l'irruption de cette nouvelle maîtresse de maison.)

Sacrilège suprême : Hubert, devenu veuf, avait fait enterrer cette femme honnie avec Alice. Au cimetière de Gidy, où poussent désormais des herbes en liberté (« commune sans pesticides », proclament des affichettes), belle-mère et belle-fille font tombeau commun.

« La femme à Hubert » était une source inépuisable de récits tous plus épouvantables les uns que les autres. Mais j'estimais que de l'eau avait coulé sous les ponts, que de toute façon ces histoires étaient invérifiables et que les vieilles rancœurs ne me concernaient pas. Et si Alice avait possédé quelques photos de famille, elles se trouvaient forcément dans cette maison de Beaurepaire, et j'avais envie de les voir avant que quelqu'un ne les disperse ou que plus personne ne soit capable d'identifier les individus qu'elles représentent.

Mais tout de même : on disait Hubert hargneux, peut-être un peu fou, armé certainement, un petit ogre en somme. Le pire ? Il était sur liste rouge. Si ce n'était pas la preuve qu'il avait des choses à cacher, si ce n'était pas le signe définitif qu'il n'avait pas la conscience claire… Ici, tout le monde a un répondeur pour filtrer les téléprospecteurs, mais se mettre sur liste rouge, vraiment, quel manque de savoir-vivre.

Un jeudi de mars, les giboulées tombaient dru, je m'étais retrouvé à sonner à son portail, dépourvu de parapluie mais pas d'appréhension. La maison, où j'étais venu quelques fois dans ma prime enfance, n'avait pas été trop difficile à retrouver. Au quatrième coup de sonnette sans réponse, je m'étais réfugié dans la voiture, une Citroën C3 louée pour la journée à une dame venue me rencontrer à la gare en fauteuil roulant.

Au feutre bleu, sur une page de mon carnet, j'avais écrit à l'intention d'Hubert quelques phrases que j'espérais touchantes et convaincantes, prenant le parti de le tutoyer pour marquer d'emblée notre intimité. À la première accalmie, j'étais ressorti de la voiture et j'avais glissé mon mot dans sa boîte aux lettres. Un mois plus tard, mon téléphone vibrait. Hubert était d'accord pour me rencontrer.

Il n'était pas armé. Il n'était pas fou. Il n'était pas hargneux (sauf vis-à-vis de cet incapable de chirurgien qui l'avait opéré de la cataracte quelques semaines plus tôt). Papy à bretelles, sourire modeste, Hubert m'a fait entrer. Nous avons passé deux bonnes heures à bavarder et à extraire d'une grande boîte en carton, qui dans une première vie emballa un appareil à raclette, des clichés en noir et blanc. Avec mon smartphone, je photographiais ceux qui m'intéressaient.

Je m'étais fixé pour règle de ne pas brusquer mes interlocuteurs. Je leur livrais en général quelques éléments de chronologie, l'air de rien. Ils restaient libres, me disais-je, de s'en saisir pour se poser des questions ou de rester tranquillement à l'écart de mes vieilles histoires. Je les jaugeais, tentais d'estimer ce qu'ils étaient prêts à entendre.

En général, ceux dont j'avais piqué la curiosité me recontactaient pour me livrer des faits, des souvenirs, des interrogations. Je pouvais alors partager avec eux tout ou partie du fruit de mes recherches – en fonction du chemin qu'ils avaient parcouru.

Face à Hubert, je tendais des perches. Passé une inévitable phase d'approche, je pensais que nous en arriverions assez vite aux faits. Sauf que ses réponses semaient le doute en moi. Je l'interrogeais sur ses parents, sur sa jeunesse, sur la manière dont Jean était perçu par rapport aux autres enfants d'Alice. Hubert, hyper-factuel : « Après la mort de notre père, c'est Jean qui nous a élevés. Mais sans ça, y avait pas de différence… » Parlions-nous de la même chose ? Impossible de le déterminer. Où s'arrête la pudeur, où commence la confusion ?

Tandis que nous inspections un nouveau lot de photos, je continuais à tourner autour du pot. Mais Hubert ne me concédait pas la moindre ouverture. Multipliait-il sciemment les esquives ? Ou s'appliquait-il, au contraire, à répondre exactement aux questions posées, hermétique à la conversation pleine d'implicite et de sous-entendus que je pensais mener ?

Plus tard, je n'y pensais plus, nous parlions de la disposition des meubles, de ce qui avait changé par rapport à mes souvenirs d'enfant, quand une remarque d'Hubert au sujet d'une date m'a fait dire, évidence absolue, « Oui, forcément, puisque Jean est né bien avant le mariage de tes parents ».

Lui : « Qu'est-ce que tu dis ? »

C'était la première fois en deux heures qu'il me faisait répéter ; mais pas de parano, c'était un vieux monsieur, il avait dû mal entendre.

« Je disais que Jean est né bien avant le mariage de tes parents. »

Il avait très bien entendu. Il m'a regardé, longuement. Il a murmuré : « Ah, ça, je le savais pas. » Une fraction de seconde, j'ai cru qu'il se moquait de moi. Ça me semblait tellement gros. Admettons qu'il ne se soit jamais intéressé aux dates ; admettons qu'il n'ait pas entendu parler de l'épisode du mariage de la fille de la tante Louloute ; il y avait tout de même des différences physiques flagrantes entre Jean et le reste de la fratrie : un géant aux joues rondes pour cinq chétifs anguleux.

J'ai bafouillé ma surprise. On a tassé des petits paquets de photos en silence. À un moment, j'ai dit : « Qu'est-ce que ça te fait, de découvrir ça ?

— Quoi donc ?

— Que vous n'avez pas eu le même père, Jean et toi…

— Oh, c'est pas comme si ça venait de se passer maintenant. »

L'avertissement

Deux camions, larges comme la route, se font face. Je me demande comment ils en sont arrivés là. Ils sont bloqués, et moi avec eux. Ils sont trop lourds pour se déporter dans les champs : embourbement garanti. Communiquent-ils ? Je ne vois pas quelle chorégraphie se joue entre les deux cabines. Une bouffée de nostalgie me fait regretter le bon vieux temps de la cibi.

À travers la brume, je distingue des monticules de betteraves et une silhouette de chasseur. Parfait décor de faits divers. J'allume l'autoradio pour réchauffer l'atmosphère. Michel Polnareff achève « Le Bal des Laze » : « Je serai pendu demain matin / Ça fera quatre lignes / Dans les journaux / Je ne suis qu'un vulgaire assassin / Un vagabond indigne / De ce château. » La pluie s'en mêle. J'actionne les essuie-glaces intermittents. Je repense à Étienne, à Jean, à Paulette ; aux silences qui leur ont été opposés ; au douloureux mutisme de leurs mères.

Devant moi, l'un des deux camionneurs allume enfin ses warnings et, dans un zigzaguement lent, amorce une interminable marche arrière. Tant pis pour la boue : je double à travers champs. Encore deux fermes isolées, un virage serré, une longue ligne droite et quatre chansons : le hameau est en vue. Je me gare près de la mare, dans laquelle Mauricette m'a prié d'éviter de tomber.

Avant de clore ce livre, j'ai eu envie de discuter à nouveau avec quatre femmes rencontrées ces derniers mois. Elles ont entre 85 et 95 ans et toutes ont eu une fille-mère dans leur entourage proche : leur mère, leur tante ou leur grand-mère. Je les avais d'abord interrogées comme des témoins, négligeant l'impact de ces événements sur leur propre existence. Aujourd'hui, je voudrais qu'elles me parlent un peu d'elles-mêmes.

Crâne labouré par le peigne, mains noueuses, Étiennette n'a jamais quitté la ferme où elle est née. L'écran plat devant lequel elle coule ses jours contraste avec la vétusté des lieux. On dirait une affiche contre le mal-logement. Mais l'intérieur, pour elle, c'est du superflu. (Et les sonotones, c'est pour les bourgeois.) Quand on a de l'argent, dans cette famille, on agrandit le champ. Monique, elle, a quitté Sougy avant de revenir dans la maison familiale quand elle a pris sa retraite. Elle était enseignante. Elle a cette douce raideur qu'on trouve souvent chez les religieuses. Simone, vous la connaissez déjà. Quant à Mauricette… Mauricette, c'est un poème. Elle a connu la ville, travaillé en usine et sur les marchés à Orléans. Elle est gouailleuse et vipérine.

Quand elles étaient petites, un cheval tournait autour du puits, les garçons de ferme dormaient dans l'écurie et les parents n'embrassaient leurs enfants qu'au premier de l'an. La grande joie, c'était d'aller jouer dans l'orme de Villesevreux, un arbre au tronc entièrement creux qui, leur disait-on, avait abrité l'atelier d'un sabotier. À la maison, il y avait un lit pour les filles, un lit pour les garçons. Au bourg, il y avait une école pour les filles, une école pour les garçons. Leur monde n'était pas mixte. Les rares zones qui échappaient à la partition des sexes faisaient l'objet d'une vigilance particulière : « À la messe ou aux vêpres, nos mères répétaient qu'il fallait pas s'approcher des garçons », se souvient Étiennette. Mais les mères n'ont jamais expliqué pourquoi. C'était une loi, c'est tout. Indiscutable. Le genre d'avertissement qui permettrait un jour à ces mêmes mères, qui le leur avaient bien dit, de décliner toute responsabilité si un malheur arrivait à l'une ou l'autre de leurs filles.

Elles ont passé l'âge d'être penaudes : soixante-dix ou quatre-vingts ans après, elles confient qu'elles pensaient qu'on leur demandait de rester à l'écart des garçons simplement parce qu'ils étaient trop turbulents. Mauricette s'agite : « Aujourd'hui, les gamins sont trop évolués. Vous voyez ce qu'ils font à 13 ans ? Nous, à 13 ans, on croyait encore que quand un bébé arrivait à la maison, c'était le facteur qui l'avait apporté. On mettait du temps à comprendre la vie. » Elles n'étaient pas pressées de grandir. Elles voyaient bien que les femmes, dans leur milieu,

« on les mettait pas en hauteur », « on en faisait des boniches », « elles devaient se taire et rester à la maison ».

Étiennette, Monique, Simone et Mauricette décrivent toutes la même panique qui les a gagnées quand elles ont eu leurs règles. On ne leur en avait jamais parlé. Le choc de leur jeunesse, c'est cette douleur mêlée de sang. Et une prodigieuse confusion.

Il y eut la guerre et la faim. Puis la Libération et les bals. Leurs mères ont cessé de les mettre en garde contre les garçons. « On allait au bal jusqu'au mariage », dit Étiennette. Elles avaient l'âge de « comprendre la vie » et de songer aux fiançailles. Mais on les gardait à l'œil. Mauricette fréquentait tous les parquets des environs, mais sa mère, qui adorait la danse, l'accompagnait où qu'elle aille. En cas d'idylle naissante, elle serait la première informée et pourrait rectifier le tir si nécessaire. « Une de mes cousines s'était amourachée d'un gars de la ville, raconte Mauricette. Ses parents lui ont interdit de le revoir. Elle était de souche paysanne, il fallait épouser un paysan. » Simone devait s'en tenir aux bals des villages limitrophes. Elle y allait avec une de ses sœurs et elles retrouvaient des amies. Les garçons ne l'attiraient pas – et, pour l'heure, ils le lui rendaient bien. Monique, elle, affirme qu'elle était très libre. Explosion de rires de Mauricette : dans son souvenir, Monique devait se contenter de la portion congrue, le bal de Sougy. Le reste du temps, sa mère la traînait à l'église pour y réciter le chapelet.

Et puis un jour, c'est arrivé comme un cheveu sur la soupe : « Au fait, Joseph, c'est pas le père de Marie » ; « Tu sais, Grand-mère a eu Tante Laure pas avec Pépère » ; « Ta mère a eu ton frère aîné avant de se marier. » Pourquoi ce jour-là ? Pourquoi comme ça, entre la vaisselle et le reprisage des chaussettes ? Elles n'ont jamais compris. Elles avaient atteint un âge qui ne s'appelait pas encore l'adolescence. Elles ont eu l'impression que « fallait que ça sorte ». Alors c'est sorti. Elles ont enregistré l'information : la famille comptait un enfant illégitime. Mais elles n'ont pas posé de question. Ça ne se faisait pas.

Jeunes femmes, elles en ont vu, des mains aux fesses. Elles en ont entendu, des histoires de filles tripotées. « C'est leur problème », se disaient-elles. Elles n'en auraient jamais parlé avec leur mère. Elles n'en parlaient guère entre elles. Surtout, et cela ne cesse de m'étonner, elles n'ont jamais fait le rapprochement avec les naissances illégitimes dont on leur avait parlé. On leur avait exposé la fin de l'histoire, l'impact sur les pères et les enfants ; pas le début, ni ce que les mères avaient vécu. Elles ne se sentaient pas concernées. « Moi je travaillais à la ferme de mes parents, relève Étiennette. Il ne pouvait rien m'arriver. » Mauricette explique que c'est son mari qui l'a rendue méfiante. « Quand je travaillais en usine, il y avait beaucoup d'hommes. Ils étaient pas en bois, j'étais pas trop mal faite, il avait toujours peur qu'on me touche. Il avait peur pour moi et il avait peur pour lui. Qu'est-ce qu'on n'entendait pas sur les gars qu'étaient cocus ! »

Ce mari, Mauricette l'a choisi. Un garçon était venu « de l'autre bout de la Beauce » pour la demander en mariage mais elle a réussi à convaincre ses parents. « Pour moi, fallait que ça fasse tilt. Je voulais un beau gars qui me plaisait. J'avais 34 ans quand je me suis mariée et croyez-moi bien que j'en ai pas connu avant ! » Étiennette s'est casée beaucoup plus rapidement, avec un gars susceptible de reprendre l'exploitation de ses parents. Tout comme Simone, mariée à 19 ans. Monique, elle, est restée célibataire. Elle a été amoureuse d'un garçon mais il est mort avant qu'il se passe quoi que ce soit entre eux. Ses amies disent d'elle qu'elle est « veuve sans s'être mariée ».

C'est bien plus tard qu'elles ont pris la mesure de ce qu'on avait commencé à leur apprendre. Simone se souvient : « Ma tante Sabine disait toujours "Lilice était malheureuse et Jean aussi." On se disait qu'il y avait quelque chose. Alors un jour j'ai demandé à ma belle-mère, qui était de Sougy, pourquoi ma tante disait que Maman était malheureuse. Elle m'a tout raconté : à la fête du village, des ivrognes étaient tout fiers d'annoncer qu'ils avaient couché avec des filles. Et quand Maman a eu Jean, elle n'a pas été bien traitée. Après, Sabine m'a donné plus de détails. C'est comme ça que j'ai su. »

D'un coup, les histoires de filles abusées cessaient d'être une réalité lointaine. Mauricette a été choquée : « Je me disais : c'est pas possible ! En fait il se passait des choses un peu partout ». Monique et Simone décrivent un glissement progressif : elles sont passées de « C'est leur problème » à « C'est pas de leur faute ». « Elles avaient pas toujours le choix, souligne Monique. Les filles qui travaillaient dans les fermes étaient à la merci des patrons et des maîtres-charretiers. On peut pas leur jeter la pierre. Faut voir le contexte dans lequel elles vivaient. »

Ce secret, brûlant de honte, elles ne l'ont pas partagé avec leurs frères et sœurs. Le passé, c'était le passé. Mais elles se sont étonnées qu'on ne les ait pas mieux averties. Puis elles ont repensé à l'interdiction de s'approcher des garçons. Devenues mères à leur tour, Étiennette et Simone (neuf enfants pour la première, quatre pour la seconde) ont mis en garde leurs filles – mais de façon générale, sans jamais mentionner la fille-mère de leur famille.

Vingt-cinq ans après, quand Simone a entendu une de ses filles dont le ventre s'arrondissait lui dire qu'il n'y avait pas de père, elle s'est empressée de lui en vouloir. Ce n'était pas faute de l'avoir prévenue.

Le premier du nom

« J'invite pas Jean, c'est pas un Deslandes », avait décrété Louloute au moment de dresser la liste des invités au mariage de sa fille. Si elle était encore de ce monde, j'aimerais évoquer avec elle la figure de son arrière-grand-père. Je ne sais pas si elle a eu l'occasion d'entendre parler de lui : il est mort en 1846.

En revanche, elle a dû répéter, comme beaucoup de monde dans cette famille, qu'il y a toujours eu des Deslandes à Beaurepaire. On est ici chez nous, on est là depuis toujours, serinait-on dans l'entre-deux-guerres, et l'on aurait été bien étonné d'apprendre que cette éternité pesait à peine un siècle. Venu d'un autre village pour épouser une fille de Gidy, c'est seulement en 1826 que Jean Pierre Deslandes s'y était installé, devenant ainsi le fondateur de la dynastie des Deslandes de Beaurepaire – et une référence identitaire.

Cette première déconvenue n'étant qu'une mise en bouche, j'expliquerais ensuite à Louloute que ce premier des Deslandes tenait son nom de… sa mère, Marie Françoise. Cette femme, une petite paysanne du XVIIIe siècle, s'était mariée deux fois. Après la mort de son premier mari, son veuvage avait duré douze ans. Et c'est au cours de cet entre-deux, le 29 frimaire an VII (soit le 19 décembre 1798), que son fils Jean Pierre était né. Pour l'état civil, il n'avait pas de père, il portait donc le nom de jeune fille de sa mère. Si son géniteur l'avait reconnu, il aurait porté un autre nom – et tous ses descendants avec lui.

De telles ironies du destin, les arbres généalogiques en sont remplis, et il n'est peut-être pas inutile de les mettre sous le nez de toutes les Louloute qui nous entourent. Elles sont légion : les trieuses d'enfants, les fouines de chambres à coucher, les ayatollahs de l'ADN, les toquées de la pureté. Elles ne jurent que par les liens du sang.

Subtilité : ce Jean Pierre était connu dans le village sous le nom du premier mari de sa mère, Faucheux. Ni vraiment Faucheux ni vraiment Deslandes, de quel clan était-il ? Quelle conclusion Louloute en aurait-elle tirée ? Question subsidiaire : c'est quoi, « un Deslandes » ? Quelques paquets de gènes, une idée de soi-même ?

Je ne vais pas faire la leçon à une morte plus longtemps. Ce n'est ni utile ni fair-play. D'autant que je n'échappe pas moi-même à ces réflexes. En écrivant ces lignes, je me revois chez Simone, le nez dans des photos. Avec Zineb, cet après-midi-là, nous nous étions installés dans la salle à manger, dont les proportions avantageuses témoignaient de sa fonction précédente : ce fut autrefois une belle étable.

Nous étions occupés à répartir les clichés en deux tas. D'un côté, les Échard (les ancêtres d'Alice), issus d'une lignée de cultivateurs et de maçons (sans oublier un marchand coquetier, chargé de ramasser, conserver et distribuer les œufs du village). Sur l'autre pile, nous isolions les Deslandes (les ancêtres du mari d'Alice), vieux clan de laboureurs. Les premiers avaient des joues rondes, des yeux clairs, le cheveu souple. Les seconds se distinguaient par des yeux très noirs et un visage allongé.

D'un coup, frappé d'un curieux phénomène combinant amnésie soudaine et illumination, je m'étais écrié : « Donc moi, je suis un Échard. » Simone, du tac au tac : « Bah, tu peux pas être un Deslandes ! » Elle se marrait, elle m'avait connu plus vif. Revenu à moi, j'avais ri avec elle. Et nous avions poursuivi notre examen de visages sépia en parlant de choses et d'autres autour de cette table trop grande – le genre de table que l'on recouvre de puzzles 1000 pièces quand les familles nombreuses oublient de s'aimer.

À un moment, un portrait en couleur avait glissé entre mes mains. Une photo ratée, prise en contre-plongée, à hauteur d'enfant. On devinait des cheveux gris, de gros boutons sur un gilet ras du cou. C'était Alice, complètement floue. Comme dans mes souvenirs.

Plus tard, lorsque j'avais salué Simone en renouant mon écharpe, elle m'avait soufflé à mi-voix : « Tu sais, je te considère quand même comme un Deslandes. »

J'allais oublier

par Zineb Dryef

Quand l'avion a atterri à Fès, je me suis sentie soulagée. Il aurait pu se désagréger dans le ciel ; il s'était, comme d'habitude, posé après trois heures de vol parfaitement paisible. Je n'étais là que pour une nuit. Ma grand-mère était morte, je venais entourer mon père. Le jour déclinait sur les collines desséchées de la ville quand je suis arrivée au cimetière. J'ai cherché la tombe parmi les tombeaux surmontés de tuiles vertes et ces centaines de pierres blanches, certaines perçant à peine les herbes folles. J'ai été surprise en découvrant, à l'ombre d'un olivier, un caveau de famille. Près du nom de ma grand-mère se détachait celui de mon père. Il n'en avait jamais parlé. Je ne lui ai pas posé de questions.

Un mois plus tard, Mémère, la grand-mère paternelle de Mathieu, est morte. J'aimais beaucoup cette femme qui ne se levait plus qu'avec peine de son fauteuil mais qui à chacune de nos visites s'enchantait de toutes les nouvelles, légères et dérisoires, qu'on lui confiait. Je m'étais attachée à ces rendez-vous irréguliers aux Ombrages. Le goût du porto les jours de fête, le banc sur lequel on s'asseyait au soleil, les récits de ses victoires au Loto. J'étais aussi un peu émue par sa fierté débordante et vaguement anachronique d'avoir un arrière-petit-fils qui perpétuait le nom de son fils disparu. Elle m'aimait bien, je crois, parce que je lui avais donné ce bonheur-là.

À l'église, Mathieu a lu un texte qu'il avait écrit la veille : deux souvenirs que les autres ne connaissaient pas. Des moments simples et gais. Il y a plusieurs années, il avait demandé à Mémère de lui raconter différents épisodes de sa vie. Il l'enregistrait puis il retranscrivait ces conversations. J'étais très curieuse de ces récits dont il m'avait fait lire des extraits. J'aime aussi écouter ses grands-parents maternels parler de leur enfance, feuilleter les innombrables albums photo constitués par sa mère, regarder les VHS des fêtes passées que son oncle diffuse chaque année à Noël. L'application avec laquelle chacun des membres de cette famille entretient la mémoire des souvenirs heureux a quelque chose de fascinant pour moi : je ne sais presque rien de ma propre histoire. Je trouve des prétextes à mon désintérêt – les archives sont moins accessibles au Maroc, la tâche serait plus ardue – alors même que je rechigne à poser des questions et à faire l'effort de me souvenir des prénoms de mes tantes et de mes oncles. Je n'éprouve pas la moindre curiosité pour mes fantômes.

Ce jour-là, quand Simone a parlé du bal, le plus extraordinaire était que l'on n'y avait jamais pensé. On savait que Jean, le grand-père de Mathieu, était un « enfant naturel », ça n'était pas un secret pour nous.

Avec Mathieu, on avait parfois joué à inventer une identité à son géniteur inconnu. On aimait le mystère qui nimbait cette naissance. Mais un viol ?

L'idée de raconter cette soirée de la Saint-Laurent s'est imposée comme une urgence. Mathieu était en quête de l'histoire de la lignée de son père. Et moi ? Cette phrase de Simone n'en finissait pas de me troubler : « On parle beaucoup de consentement en ce moment, ben je peux te dire qu'elles étaient pas consentantes. » L'affaire Weinstein venait d'éclater et cela faisait plusieurs mois que je travaillais sur cette notion de consentement sexuel.

J'ai commencé à m'intéresser à cette question un an avant la révélation de Simone. Au printemps 2016, mon amie Blandine m'a proposé de rédiger une enquête pour un documentaire qu'elle préparait. Il s'agissait de raconter toutes ces fois où l'on couche parce que l'on n'a pas réussi à dire non. Le « sexe sans consentement » ou ce que l'on appelle depuis quelques années la « zone grise », cette notion qui signifie que l'on a cédé sans consentir. On s'en doutait mais avec Delphine, la réalisatrice, on découvre qu'il s'agit d'un événement d'une immense banalité. L'appel à témoignages que nous lançons en suscite des centaines.

Le temps de l'enquête, il y a toujours un moment pendant les dîners où je lance le sujet. J'entends : « c'est un film sur le viol », « mais alors, c'est quoi un viol ? », « parce que maintenant, c'est un délit de coucher avec une femme qui ne veut pas mais qui n'a pas dit non ? », « on doit signer une charte avant de coucher, c'est ça ? », « pourquoi elles ne se défendent pas ? », « qu'est-ce que tu entends par consentement ? », « c'est le sexe par politesse, pour ne pas contrarier l'autre ? ». Et il y a tout ce qui n'est pas exprimé, ces souvenirs qui refluent chez les unes et les autres. Blandine les raconte dans un article publié par Le Monde. *Elle parle aussi d'elle et d'un garçon rencontré au centre de voile des Glénans, en Bretagne. Elle évoque « un moment désagréable ». Autour de moi, beaucoup de femmes se mettent à parler. Comme Blandine, elles racontent un souvenir désagréable mais sans conséquences. Et d'autres sont abîmées.*

Plus je recueille ces paroles, plus je me sens mal à l'aise. Un soir que je suis dans la rue, un gobelet à la main, un type, adossé contre une voiture, me lance « bonsoir mademoiselle ». Je réponds bonsoir. Il poursuit « vous êtes belle » ou « vous êtes bonne », je ne sais pas. D'abord, je ne dis rien. Puis je lui fonds dessus. Je lui demande de répéter puis je lui hurle de répéter. « Qu'est-ce que vous avez dit ? » Tout indique qu'il ne comprend pas, il doit penser qu'il est mal tombé, il a fait un compliment à la dingue du quartier. Je l'insulte. Il tente un truc, « on va boire un verre, je vous trouve… » Sans réfléchir, je lui lance mon verre à la figure. Il approche la main de la poche de son jean. C'est une bombe lacrymogène – je suis soulagée, j'avais peur du couteau. Il m'asperge. Mes amis m'entendent hurler. Quelle idée, cet esclandre.

Des mois plus tard, à l'automne 2017, lorsque je découvre les vies d'Alice et des filles de Sougy, c'est une histoire encore étrangère à la mienne. Contrairement à ces filles, je suis née dans un monde où rien ne m'était interdit. « Il ne faut pas te laisser faire, il faut te défendre », me répétaient pourtant mes parents. Me défendre contre quoi ? J'ai longtemps cru que j'étais libre. J'ai reçu une éducation qui ne m'interdisait aucune ambition. Alors si j'échouais, je ne pouvais m'en prendre qu'à moi-même, à ma paresse, à mes lacunes, à mon manque de discipline. J'en ai tiré une aversion féroce pour la plainte, un certain talent pour l'enfouissement et l'habitude de me sentir coupable de tout.

1988. J'ai 3 ans. Un garçon surnommé Mickey me terrorise dans la cour de récréation. Tous les jours, à l'entrée de l'école maternelle, je m'accroche à la grande grille noire et je hurle que je ne veux pas y aller. Tous les jours, la nounou et le gardien de l'école doivent m'arracher à cette grille. Ma grande sœur me défend. Elle sait se bagarrer et cogner avec ses petits poings. Elle porte des pantalons en velours, des bretelles et des chemises à carreaux. On dit d'elle qu'elle est un vrai garçon manqué. Moi aussi je veux être un garçon.

J'ai 5 ans. Mickey n'est plus là, je n'ai plus besoin d'être un garçon. Pas de chance : je suis petite et maigre, j'ai les cheveux courts, noirs et bouclés. Sur les photos, j'affiche un air buté et inconsolable. Je ressemble à un garçon et je déteste ça. Je refuse de me mettre en pantalon. Je rêve de robes et de frous-frous, de boucles d'oreilles et de tiare scintillantes. Ma mère cède.

J'ai 8 ans, je suis fascinée par les héroïnes des livres de la comtesse de Ségur. J'adore leurs couvertures cartonnées rose cerise, une vieille édition Casterman, illustrée par Marcel Marlier, le papa des Martine. *Je joue à ressembler à ces enfants-femmes disciplinées, les joues roses, les grands yeux et les grandes robes. Bientôt, elles me lassent.*

J'ai 10 ans, je suis une enfant bizarre et silencieuse. Je passe mon temps à lire. Les adultes s'extasient et cela me gonfle d'orgueil : « Elle est si jolie, elle est si gentille, elle est si sage. » Je brille par ma mollesse dans toutes les activités que je pratique : danse classique, tennis, équitation et karaté. Sur le tatami, les garçons m'ont trouvé un surnom : la morve.

J'ai 12 ans, un adulte de mon entourage me pince les seins à chaque fois qu'il me croise en disant « pouet-pouet, ça pousse ». Dès que je l'aperçois, je mets mon bras en travers de ma poitrine. Au collège, devant une salle de classe, un garçon m'embrasse d'un coup, comme un chat met un coup de griffes, inopinément. Je dis « c'est dégueu » mais je rigole avec les autres. Pendant un cours de gym, les garçons balancent des bouteilles d'eau sur nos T-shirts blancs. On s'arrange pour être dans leur trajectoire. Je suis fascinée par Laetitia, une fille de troisième dont les seins paraissent énormes dans ses T-shirts minuscules. On dit d'elle qu'elle a redoublé au moins deux fois. Jamais elle ne m'adressera la parole. Dans mon journal intime, je retrouve cette phrase :

« Laetitia est sortie avec au moins dix mecs. Pas étonnant qu'elle traîne cette réput' de p… »

J'ai 13 ans, peut-être 14, je suis affalée sur un canapé. On me dit : « Ferme les cuisses, tu n'es plus une petite fille. » Je m'exécute, cramoisie de honte.

J'ai 15 ans, j'enchaîne les petits copains et je fume des cigarettes. J'ai les cheveux très courts. Un prof me demande si je suis gouine. Je réponds : « Qu'est-ce que ça peut vous faire ? » On me fait passer un petit mot en classe. Quelqu'un a écrit « pétasse ». À la maison, ma sœur rapporte qu'elle a entendu dire que j'étais une pute. Je proteste. « C'est ce qui arrive quand on papillonne », commente ma mère.

À 16 ans, je suis une adolescente ombrageuse qui se la joue légère et aventureuse. Lors d'un après-midi chez un nouveau petit copain, il sort de sa chambre, furieux, déçu d'avoir été trompé : je ne couche pas. Le lendemain, au lycée, il raconte qu'on l'a fait. Je ne sais plus quand j'ai cessé, moi qui adorais nager, d'aimer aller à la piscine et à la mer. Cela voulait dire affronter les regards appuyés, les remarques suggestives et les sifflements. Cela voulait dire montrer des cuisses et des seins arrondis. Je gardais désormais mon short et je lisais à l'ombre des parasols.

J'ai 15 ans, j'ai 16 ans, j'ai 17 ans. Avec des copines, on fréquente une librairie à quelques rues du lycée. Il arrive que le libraire passe la main sur les fesses de l'une d'entre elles. Il ne m'a jamais touchée. On l'appelle le Vicelard ou le Pervers mais on n'imagine pas le dénoncer.

J'ai 18 ans. Je suis étudiante, j'habite seule à Paris. Je me sens follement libre et heureuse dans cette ville. Je n'ai peur de rien. Dans une rame vide de la ligne 3, un vieux monsieur en pardessus bleu s'assoit à côté de moi. Il se branle. Deux semaines plus tard, le voisin d'en face se met nu à sa fenêtre et se branle. Un soir que des copains sont là, il recommence. Quelqu'un suggère que pour lui faire peur, il suffit de sortir un appareil photo ou une caméra. Tu parles. J'ai vécu les stores baissés quelques semaines.

J'ai 22 ans, j'ai 23 ans, j'ai 24 ans. Je suis une jeune journaliste. Un député en vue, qui deviendra ministre, m'envoie des SMS pour me parler de mes yeux. Je réponds « Merci ». Il m'enverra plusieurs messages. Je me sens un peu flattée puis embarrassée. Si j'en parle, on me reprochera d'être perpétuellement dans la séduction. Un ancien ministre, devenu membre du Conseil constitutionnel, me lâche : « Les Arabes sont toutes des coquines. Vous ne pensez pas ? » Ma réponse, dans la panique : « Non, je ne savais pas. » Un député, dans le hall d'un hôtel : « Montez avec moi et je vous dis tout. » Une consœur qui assiste à la scène me fait la leçon : on ne porte pas de robe pour interviewer un homme politique, mais un col roulé. Je suis penaude et vaguement en colère contre elle. Elle est plus âgée, elle doit avoir raison, ce sont les risques du métier.

J'ai 32 ans. Je lis Mémoire de fille. *Annie Ernaux raconte sa première fois avec un moniteur, en colonie de vacances. Elle décrit les gestes, les mots, les murs tapissés de coloriages, sa satisfaction quand il lui dit qu'elle a des hanches de femme. Après avoir décrit la scène, elle écrit : « Il me semble que je ne peux m'approcher davantage de la réalité. Qui n'était ni l'horreur ni la honte. Seulement l'obéissance à ce qui arrive, l'absence de signification de ce qui arrive. » Dans la presse française, les recensions ne parlent pas de « viol ». C'est dans la presse canadienne que la question est posée frontalement à l'auteure. « Quand on lit les événements que vous décrivez avec le regard d'aujourd'hui, ce que vous racontez, finalement, c'est une relation sans consentement, un viol ? » Annie Ernaux répond : « Oui, tout à fait. Mais la fille de 1958, le "moi" de 58, n'a pas considéré le terme de "viol" et jusqu'à maintenant, je ne pouvais pas l'employer. Il ne correspond pas à mon vécu dans la mesure où, effectivement, il s'agissait d'une autre époque, d'un autre monde, avec d'autres interdits et d'autres croyances. Je n'ai jamais employé cette expression-là dans le livre, mais au final, c'était moi qui l'avais bien cherché, hein ? »*

J'ai 34 ans. Je découvre l'histoire d'Alice, Olga, Marie et leurs amies. Je me dis que près d'un siècle plus tard, on peut tout imaginer puisqu'on ne sait rien. On peut imaginer qu'elles ont subi la nuit en silence, qu'elles sont ensuite rentrées sous la pluie sans parler, sonnées, confuses ou coupables ou tout à la fois. Mais on peut imaginer aussi qu'elles n'ont pas toutes vécu la même chose. On peut imaginer que l'une d'entre elles a flanqué une fière taloche à un garçon et qu'elle a réussi à s'arracher à son étreinte ou peut-être que, rendu fou de rage par la gifle, le garçon l'a battue à son tour. Peut-être alors qu'en rentrant, le visage et les cheveux défaits, on l'aura interrogée. Une autre aura affecté l'allégresse et la joie – après tout, ces gestes signifiaient qu'elle était un objet de désir. Des années plus tard, des images moins heureuses de cette nuit lui seraient revenues, lorsqu'elle aurait découvert le bonheur fou que provoque le désir réciproque. On peut toujours imaginer qu'elles ont confié "il m'a forcée" à une sœur, une mère, une voisine, un prêtre qui les auront dissuadées de se répandre. Ou qu'elles se sont tues par crainte de ne pas être écoutées, de se voir reprocher leur inconduite. Ou pire, d'être plaintes.

J'allais oublier.

J'ai 19 ans.

J'ai d'abord écrit : « Quand les faits se sont produits. » Je n'ai pas su poursuivre. Quels faits ? Que s'est-il passé ? « Les faits se sont produits » et ils sont maintenant suspendus, comme le début d'une déposition de police qui ne sera jamais tapée.

Ce n'est pas la première fois que je tente d'écrire cette scène. J'ai essayé le jour même ou peut-être le lendemain. Le carnet est dans une caisse à la cave. Il suffirait d'aller le chercher et de l'ouvrir. Je ne veux pas le faire. Je ne l'ai pas jeté pourtant, je l'ai conservé malgré les déménagements. Peut-être pressentais-je que cela ressurgirait et que je chercherais à savoir si ça avait vraiment eu lieu.

Ça a ressurgi douze ans après.

Un soir d'été, avec mes amies, on discute de Roman Polanski et des manifestations devant la Cinémathèque, du documentaire sur le consentement. Je leur parle de ces filles, de leur difficulté à mettre des mots sur ce qui leur est arrivé. Elles m'écoutent, interdites. Elles me mettent le plus délicatement possible sur la voie.

J'ai un vague souvenir, oui. C'était à la fin de l'hiver 2004. J'étais allée danser, j'avais suivi un garçon, j'avais changé d'avis, je n'avais pas envie de coucher avec lui. Je me souviens de l'adresse, d'un tourne-disque et de son prénom. Les images ne me reviennent pas, les sentiments qui m'ont traversée non plus, ou vaguement. De cette nuit, je ne garde pas vraiment la mémoire, les heures glissent, les visages, le mien, le sien, sont flous, les bavardages et les gestes, imprécis. C'est arrivé, c'est tout.

Ah, elles étaient au courant ? Claire, médusée, me raconte que le lendemain, je lui ai téléphoné effondrée pour lui raconter ce qui s'était passé. Elle est arrivée aussitôt, on a parlé longuement, puis je suis restée prostrée plusieurs heures dans le noir. Est-ce que je m'étais recroquevillée sous une douche brûlante pendant des heures ? Je ne pose pas la question à Claire, je ne veux pas être la fille recroquevillée sous une douche. Je l'avais suivi, ce garçon, et personne ne m'avait fait boire au goulot. Je ne veux pas être une victime.

Le lendemain, j'ai ouvert les volets et je n'en ai plus jamais parlé. Les douze mois qui ont suivi, je me suis appliquée à danser et à boire sans interruption. Je me suis enveloppée dans ce que j'imaginais être une sorte d'âme russe, une tristesse mêlée à un désir de vie immense et une légère exubérance. Plus tard, je dirais des choses comme « l'année de ma crise d'adolescence bis ». Alors que cette année bizarre était restée pour moi mystérieuse, elle avait toujours été parfaitement lisible pour mes amies : cette période de déglingue découlait évidemment de ce « moment désagréable ».

Cette révélation m'a sidérée. Je savais que cette histoire n'avait rien à voir avec ce qu'avaient vécu les filles de Sougy, leur vie n'était pas la mienne, je n'avais pas subi leurs drames. Je savais aussi qu'un viol, ça n'était pas nécessairement un type armé d'un couteau qui vous coinçait dans la rue. Je le savais, bien sûr. Mais ça n'était pas ça non plus, cette soirée rue du Cherche-Midi, chez un garçon bien élevé. Ça ne pouvait pas être si peu. Ou bien si ?

PRINCIPAUX PERSONNAGES CITÉS

Alice
Marie
Olga
Prosper

Adélaïde : mère de Marie
Aimée : femme de Prosper
Alphonsine : jeune fille de Sougy
André : frère de Marie
Andrée : jeune fille de Sougy
M. Arnaud : pharmacien, employeur de Marie
Camille : mari de Marie
Cassegrain : tenancier d'un des cafés de Sougy
Charles : oncle d'Alice
Charles Cassonnet : accordéoniste
Étienne : fils aîné d'Olga
Eugène : jeune homme de Sougy
Fernand : jeune homme de Sougy
Geneviève : fille d'Olga
Gisèle : fille d'Olga
Hémon : curé de Sougy
Hubert : fils cadet d'Alice et René

Jean : fils aîné d'Alice
Simone : fille d'Alice et René
Joseph (Flappi) : mari d'Olga
Louise : ouvreuse du bal
Louloute (Henriette) : belle-sœur d'Alice, sœur de René
Lucien : frère d'Alice
Maria : femme de Narcisse, mère d'Olga
Mélina : mère d'Alice
Narcisse : père d'Olga, grand-père d'Étienne
Paulette : fille aînée de Marie
Reine : veuve du petit-fils d'Olga
René (Didi) : mari d'Alice
Renée : ancienne secrétaire de mairie
Thierry : petit-fils de Marie, fils de Paulette
Titi : fils cadet de Marie
Ursule : mère de René, belle-mère d'Alice
Yvonne : jeune fille de Sougy

Table

CRÉDITS

« Doux », in *Entre gris clair et gris foncé*, écrit, composé et interprété par Jean-Jacques Goldman, Epic Records, 1987.

« Que je t'aime », in *Que je t'aime*, écrit par Gilles Thibaut, composé par Jean Renard, interprété par Johnny Hallyday, Philips, 1969.

« Le Bal des Laze », in *Le Bal des Laze*, écrit par Pierre Delanoë et Michel Polnareff, composé et interprété par Michel Polnareff, Disc'Az, 1968.

« Je veux te baiser », in *Rien*, écrit, composé et interprété par Odezenne (Alix Caillet, Jacques Cormary et Mathieu Lucchini), Universeul, 2014.

Sexe sans consentement, écrit par Blandine Grosjean et Delphine Dhilly, réalisé par Delphine Dhilly, Elephant Doc, 2018.

PAPIER À BASE DE
FIBRES CERTIFIÉES

Le Livre de Poche s'engage pour l'environnement en réduisant l'empreinte carbone de ses livres. Celle de cet exemplaire est de :
200 g éq. CO_2
Rendez-vous sur
www.livredepoche-durable.fr

Composition réalisée par PCA

Achevé d'imprimer en France par
CPI BRODARD & TAUPIN (72200 La Flèche)
en janvier 2021
N° d'impression : 3041725
Dépôt légal 1re publication : février 2021
LIBRAIRIE GÉNÉRALE FRANÇAISE
21, rue du Montparnasse – 75298 Paris Cedex 06

18/1098/6